저는,

암병동

특파원

입니다

황승택 에세이

저는, 암병동 특파원 입니다

민음사

차례

또
한
번
쓰
러
지
다

　　기자라는 직업은 자신의 주장을 펼치기보다 남의 결과물을 평가하고 비판하는 경우가 많습니다. 방송 리포트나 신문기사 역시 중립적 서술을 한 후 기자의 주장을 대신할 전문가를 배치하는 경우가 많죠. 그리고 그 대상은 지금 가장 이슈가 되는 인물이나 현상인 경우가 대부분입니다. 때문에 백혈병 발병으로 인한 휴직 전까지 11년 동안 기자 생활만 해 온 제가 취재하거나 연구한 내용이 아닌, 오롯한 저 개인적 경험과 생각을 세상에 내놓는 것은 두려운 일이었습니다.

　　발병, 그리고 예상치 못한 재발 이후 계속되는 재활의 무게 역시 저 개인에게는 한없이 크고 무겁지만 저보다 더 큰 장애와 고통을 감당하는 분들에 비하면 사소할 수도 있습니다. 그래서 제 경험이 과연 타인과 공유할 만한 가치가 있는지를 놓고 계속 고민했습니다. 그러다 황현산 작가의 책 『밤이 선생이다』에서 소박한 해답을 찾았습니다. 황 작가는 "우리를 하나로 묶어 줄 것 같은 큰 목소리에서 우리는 소외되어 있지만, 외따로 떨어진 것처럼 보이는 당신의 사정으로 우리는 서로 연결되어 있다. 글쓰기가 독창성과 사실성을 확보한다는 것은 당신의 사정을 이해하기 위해 나의 '사소한' 사정을 말한다는 것이다."라고 말했습니다.

이 책에는 제 사소한 사정이 담겨 있습니다. 주재료는 기자가 아닌 백혈병 환자가 되어 체험한 병원 생활과 재활, 그 과정에서 바라본 세상과 제도, 투병 이후 바뀐 삶의 가치관입니다. 비록 소소한 이야기들이지만 글을 읽는 분들과 연결될 실마리와 제 담담한 목소리를 담고자 노력했습니다. 상투적이지 않고 어둡지 않은 글을 담고 싶었습니다.

저는 제 글이 독자들에게 작은 물수제비가 되기를 희망합니다. 건너편 강가에 닿지 못하고 물속에 가라앉아도 좋으니, 책을 읽는 분들의 가슴에 단 한 번이라도 작은 파문을 만들면 좋겠습니다. 조금 더 욕심을 낸다면 독자들이 제 책에 주저 없이 밑줄을 그었으면 좋겠습니다. 깨끗하게 읽고 헌책방에 팔아 볼까 마음먹었다가 "그래, 이 문장이 내 마음과 주파수가 맞는 거 같네."라는 한 줄의 공감이면 족합니다.

　제가 책을 쓸 능력이 될까 고민할 때 저를 강력하게 등떠밀어 준 전 직장 동료 장강명 작가님에게 감사를 드립니다. 초보 저자를 독려해 준 박혜진 편집자님에게도 고마움을 전하고 싶습니다.

　3년 가까운 재활 기간 동안 저를 묵묵히 응원해 준 아내와 두 딸 혜린, 채린 덕분에 힘을 낼 수 있었습니다. 장성한 아들 병 수발하느라 고생하신 부모님과, 사위에게 항상 좋은 음식과 격려를 보내 주신 장모님과 장인어른에게도 큰 빚을 졌습니다. 살면서 갚아 나가겠습니다. 헌혈증을 비롯해 물심양면 도움을 준 채널에이 보도본부를 비롯한 동아미디어그룹 동료들에게는 건강하게 복직하는 모습으로 보답하겠습니다. 입원 기간, 좁은 병실에서 지루하지 않도록 좋은 책을 보내 준 독서 모임 회원들에게는 부끄럽지 않은 책으로 인사하겠습니다. 가장 힘들 때마다 연구를 뒤로하고 미국에서 달려와 준 동생 황태현 박사에게 무한한 감사를 표합니다. 네 덕분이야.

백혈병의

습격

한 달 동안 계속되는 근육통과 식은땀 때문에 회사에 일주일짜리 병가를 냈습니다. 2015년 10월 27일 화요일에 예약을 잡고 진료를 받았습니다. 다음 날 각종 검사 결과를 확인하기로 하고 편안한 마음으로 집에 돌아왔습니다. 모처럼 낸 휴가 기간에 그동안 얼굴도 제대로 못 본 첫째 딸을 위해 뭘 할까 생각하다가, 그동안 미뤄 두었던 자전거를 한 대 샀습니다. 자전거를 보면서 좋아할 딸의 얼굴을 상상하는 것만으로도 뿌듯했습니다. 이번 주에는 그동안 못했던 아빠 역할을 제대로 하겠다는 다짐도 했습니다.

오후에 첫째 딸을 어린이집에서 데려오기 위해 나가려는데 휴대폰에 모르는 전화번호가 떴습니다. '이번엔 또 무슨 스팸 전화지?' 싶어 약간은 짜증 섞인 심정으로 전화를 받았습니다. "오전에 진료했던 의사인데요. 검사 결과가 좋지 않습니다. 빨리 병원에 다시 오셔서 혈액 전문 선생님께 진료를 받아야 할 것 같습니다." 내용을 설명하는 차분한 의사의 목소리에는 위급함이 녹아 있었습니다.

급하게 다시 택시를 타고 병원으로 향했습니다. 한참을 기다려서야 진료를 받는 게 종합병원인데 전 곧장 진료실로 안내됐습니다. 혈액 전문의가 이것저것 물어보기 시작했고 여러 가지 지표가 좋지 않다는 이야기를 조심스럽게 꺼냈습니다. 그러더니 갑자기 저에게 당장 혈액암 전문의의 진료를 받아야 한다고 말했습니다. 급류에 휩쓸리듯 전 혈액종양내과 진료실 앞으로 옮겨졌습니다.

백발의 의사는 각종 수치를 확인하더니 특별한 설명 없이 당장 입원해야 한다고 말했습니다. 여러 가지 가능성을 이야기했지만 직감적으로 백혈병일 것 같다는 생각이 들었습니다. "주 3회 수영을 하고, 술도 조절하고 담배도 안 하는데 이런 병이 오는 겁니까?"라고 억울해서 의사에게 따지듯이 물었습니다. 의사는 왜 벌써 병명을 단정하느냐면서도 "내 처제도 백혈병으로 죽었지."라고 덧붙였습니다. 그날 저녁 전 응급실에 있다가 면역력이 심하게 떨어진 환자들이 머무는 무균실로 옮겨졌습니다. 현저히 낮은 혈소판 수치 때문에 긴급 수혈이 시작됐습니다. 한 달간 지속된 근육통과 식은땀의 원인이 백혈병이었다니……. 전 그것도 모르고 각종 물리치료와 통증 치료에만 전념했었습니다.

저도 모르게 왈칵 눈물이 솟기도 했습니다. 내가 왜 암 환자가 됐느냐는 억울함도 컸습니다. 그러나 이미 급성 백혈병은 제 몸 안에 있고 전 긴 투병 생활을 시작해야 합니다. 다행히 처음에 놀랐던 아내도 굳세게 마음을 먹었습니다. 부모님도 급하게 올라오셔서 아들에게 강한 모습을 보이려 애쓰고 계십니다. 회사 선후배, 지인들의 격려와 뭐든지 돕고 싶다는 응원도 전해집니다. 이제 투병 생활이라는 긴 레이스의 출발선에 섰습니다. 완치라는 결승선에 어떻게든 도달하겠다고 마음을 다잡았습니다. 중간에 넘어지고 구르고 경기를 포기하고 싶을 때도 있겠지만 절대 그래서는 안 됩니다. 저를 바라보는 가족과 동료를 위해서 지금부터 다시 제2의 치열한 삶을 시작합니다.

어린 환자의 고통이 눈에 들어오다

"아악!" 참으려 해도 비명이 터져 나왔습니다. 정확한 병명 진단을 위한 골수 채취 과정에서 나온 비명입니다. 통증이 상당하리라고 예상은 했지만 고통이 예상치를 넘어서면 몸은 자동 반응을 보일 수밖에 없습니다. 「기동 전사 건담」이라는 일본 애니메이션을 보면 로봇 기체를 잘 조종하기 위해 뒤통수에 생체 칩을 직접 이식하는 장면이 나오는데 골수 채취 과정도 이와 비슷합니다.

우선 골수를 채취하기 위해 주삿바늘이 들어갈 자리를 마취합니다. 이후 골수에 직접 구멍을 내고 어마어마한 크기의 대바늘을 꽂아 골수 액을 빼냅니다. 웬만하면 아프더라도 그 현장을 보려는 묘한 심리가 있기 마련입니다. 초등학교 시절 최대의 고통을 선사했던 포경수술 역시 마취가 진행된 후에는 어떤 과정으로 수술이 진행되는지 지켜봤던 기억이 납니다. 그러나 이번에는 경우가 달랐습니다. "마취 끝났습니다."라는 전공의 말 이후 들려오는 단어는 "드릴 준비해 주세요."였습니다. 도저히 볼 엄두가 나지 않았습니다. 아픔의 정도를 가늠하지 못하고 있을 때 바늘의 공습이 시작됐습니다. 마취된 자리를 지나 이 세상에서 가장 날카로운 창이 엉덩이뼈 한가운데를 사정없이 후벼 댔습니다. 그 찌릿찌릿함은 말로 표현할 수 없었죠. 설상가상으로 전공의는 한 번에 성공하지 못했습니다. 두 번째 구멍을 다시 뚫었지만 실패했습니다. 결국 전공의는 담당 교수에게 전화로 도움을 요청했습니다. 교수가 마취를 한 번 더 해 준 덕분에 통증은 약간 완화됐지만 골수 채취를 위해 몸을 다시 헤집을 때는 끔찍한 고통이 수반됐습니다. 더욱 심각한 건 앞으로 이런 과정이 몇 번 더 있을 수 있다는 것이었습니다. 오 하나님!

이 고통을 겪으며 가장 먼저 떠오른 건 소아 백혈병 환자들입니다. KBS 「사랑의 리퀘스트」나 영화에 창백한 백혈병 환자 아이들이 나오면 힘들겠구나 정도로만 생각했습니다. 그러나 제가 직접 체험해 보니 그 고통이 백 배, 천 배실감나게 와닿았습니다. 골수 검사뿐만 아니라 매일 계속되는 피검사와 각종 검사로 하루에도 대여섯 차례씩 바늘에

몸을 내 줘야 할 때도 있습니다. 어른인 저도 참기 힘든 이 고통을 채 여물지도 않은 아이들이 어떻게 감내할지.

제가 치료를 잘 끝낸 후에는 아픈 아이들에게 병을 이겨 낼 수 있다는 자신감을 심어 주고 싶습니다. 중·고교생 환자 친구에게는 그들의 눈높이에 맞는 진로 교육도 해 보고 싶습니다. 저 역시 암 환자였고 그들과 같은 고통을 경험 했으니 누구보다 큰 공감대를 형성할 수 있지 않을까요? 저보다 훨씬 인기가 좋을 우리 회사 앵커, 기자, 기상 캐스터 후배들의 도움을 받아야겠다는 생각도 듭니다. 소아 백혈병 환자들을 돕기 위해서라도 열심히 치료에 임하겠다고 다짐해 봅니다.

왜 공개 투병 일기를 쓰기로 마음먹었나

　작은 병도 아닌 백혈병을 지인들에게 급작스럽게 공개하는 것은 쉽지 않은 결정이었습니다. 그러나 천성적으로 숨기는 걸 싫어하는 성격이라 공백이 길어지는 이 상황을 당연히 알려야 한다고 생각했습니다. 특히 주치의도, 백혈병이야말로 고립감과 우울증을 극복하기 위해 소통이 중요하다고 말씀해 주셔서 페이스북에 투병 일기를 쓰는 자판에 더욱 힘이 들어갑니다.

　우리나라에서 질병은, 개인 관리의 실패로 여겨지는 경우가 많습니다. 일은 누구나 하는 것이고 건강은 본인이 챙겨야 하는 것 아니냐는 논리입니다. 제 일상을 예로 들어 보겠습니다. 전 아침 7시에 집을 나서 밤 11시에 들어가는 일이 다반사였습니다. 회사 일이 늦게 끝나면 그래서 늦었고 업무가 일찍 끝나면 다음 취재를 위한 취재원을 만나느라 자연스럽게 가족은 후순위로 밀렸습니다. 주 3회 방송 출연, 일일 제작 리포트, 그 와중에 술도 적게 먹고 짬나는 시간에 수영장을 다니며 나름대로 관리를 했었죠. 그러나 백혈병은 느닷없이 찾아왔고 아직 병의 정확한 원인도 찾지 못했습니다. 제가 고생했다고 말하려는 게 아닙니다. 일하다 쓰러진 모든 직장인들에게는 자기 관리의 실패자라는 차가운 시선보다 이해와 배려를 담은 따뜻한 응원이 필요하다는 점을 말하고 싶습니다.

　인간에게 가장 무거운 형벌은 격리일 것입니다. 암 환자들은 긴 항암 치료를 반복하면서 왜 내가 병에 걸려야 하는가 하는 우울증과 세상에 나 혼자만 남은 것 같은 고립감으로 큰 고통을 겪게 됩니다. 주치의도 "괜히 정신력으로 버티지 말고 힘들면 차라리 약을 달라고 하는 게 좋다."라고 할 정도입니다. 면역력을 저하시키는 백혈병에 걸려 면회도 불가능한 저는 SNS에 공개 투병 일기를 올리며 외로운 치료 레이스에서 큰 힘을 얻고 있습니다.

　어제 처음 항암 치료를 시작했는데 아직 몸에 큰 변화는 못 느끼고 있습니다. 간호사들은 치료 일주일째부터 본격적인 고비가 온다고 합니다. 그때가 되면 제 글도 조금 우울해질지 모르겠습니다.

큰 고통은 작은 고통을 삼킨다

　　나름 평안한 오후를 보내는 와중에 간호사가 새로운 치료 일정을 알려 줬습니다. "잠시 후에 '척수강' 주사를 맞으실 겁니다." 단어부터 심상치 않습니다. 의사가 도착하기 전에 재빠르게 스마트폰으로 검색을 했습니다. "척수강 주사: 약간 웅크린 자세로 항암제를 척추뼈 사이로 주사함." 모골이 송연해집니다. '저번 골수 검사처럼 온갖 신경을 헤집는 건가?', '병원이 바뀌었으니 덜 아프겠지?' (저는 처음 백혈병을 진단받은 병원에서 다른 병원으로 옮겨 본격적인 항암 치료를 받았습니다.) '아니야, 뼈 사이를 뚫고 들어오는 주사가 안 아플 리 있나.' 마음이 갈팡질팡하는 사이 의료진이 들어왔습니다.

　　"별로 아프지 않습니다. 국소마취할 거고요."라며 전공의가 안심을 시켜 줍니다. 몸을 새우처럼 구부리고 있는 동안 다른 전공의와 인턴들이 들어오는 소리가 들려옵니다. 이번에도 어떻게 몸에 구멍을 뚫는지 볼 엄두를 내지 못했습니다. '탁탁' 장갑 끼는 소리, '찌익' 주사기 포장 뜯는 소리에 바늘이 몸을 향해 오고 있음을 직감합니다. 이때 시술을 할 전공의가 뜻밖의 말을 꺼냅니다. "이건 깊이 안 들어가서 국소마취를 안 합니다." '뭐야, 약속이 틀리잖아.'라고 화 낼 틈도 없이 바늘이 몸을 뚫고 들어옵니다. 그런데 골수 검사 때보다 바늘이 들어오는 깊이가 얕았습니다. 한 번 할 검사를 세 번이나 했던 골수 검사의 고통 역치가 워낙 높았던 탓인지 이번 고통은 참을 만했습니다. 문제는 다른 곳에 있었죠.

척수강 주사는 당연히 척수를 자극한 만큼 극심한 두통과 어지럼증이 동반될 위험이 높습니다. 때문에 절대적 안정이 필수입니다. 처음에는 의사가 여섯 시간 동안 누워서 절대 고개를 들지 말라고 했다가 이후 다섯 시간으로 한 시간을 줄여 줬습니다. 미국에 있다가 휴가를 내고 한국에 들어온 친동생이 없었더라면 그야말로 아무것도 못 할 지경이었습니다. 오후 4시에 주사를 맞고 누워 있는 상태에서 동생이 떠먹여 주는 환자식을 먹고 소변 통에 볼일을 봤습니다.

초반에 극한 고통의 골수 검사를 하다 보니 참기 어려웠을 척수강 검사가 수월했습니다. 인생에 대입해 보면 30

대 후반에 급성 백혈병이라는 거대한 인생의 위기를 맞았는데 그 이후에 오는 어떤 위기의 파고가 그보다 더 높을 수 있을까 하고 자기 암시를 걸어 봅니다. 지금 이 순간 어디에선가 인생 최대의 사투를 벌이는 동지들에게 작은 연대의 메시지를 보냅니다. "우리 모두 기필코 이 고비를 넘깁시다. 앞으로 어떤 일이 이보다 힘들겠습니까!"

출장 이발사와 민머리

병원에 입원해 있으면 남녀노소를 가리지 않고 이른바 민머리를 자주 보게 됩니다. 영화나 드라마에서 환자 역할을 맡은 배우들이 왜 굳이 삭발을 하는지 궁금했는데 직접 환자가 되어 보니 의문이 쉽게 풀렸습니다. 민머리를 한 사람은 항암 치료를 받는 환자일 가능성이 높습니다. 항암 치료를 받는 환자들이 삭발을 하는 이유는 독한 항암제의 부작용 때문입니다. 항암제는 암세포뿐 아니라 우리 몸에 있는 건강한 세포도 공격합니다. 특히 재생 속도가 빠른 입속 점막, 두피, 항문 세포 등이 민감하게 영향을 받습니다. 항암 치료가 시작되면 급작스레 머리가 빠지고 입안과 항문이 허는 등 여러 가지 부작용이 나타납니다. 다행히 제가 첫 항암 치료를 받는 동안에는 극심한 통증을 수반하는 부작용이 없었습니다.

그래도 머리카락은 항암제의 부작용을 피해 가지 못했습니다. 머리카락이 빠지는 건 통증은 없지만 심리적으로 큰 타격을 줍니다. 하룻밤 자고 일어날 때마다 베개에 묻어 있는 한 움큼의 머리카락을 보면 기운이 쫙 빠집니다. 힘들게 북돋아 놓았던 치료 의지가 푹 꺾여 버리는 거죠. 그래서 이럴 바에는 차라리 깔끔하게 머리를 밀자는 생각으로 귀결됩니다. 저도 간호사에게 머리를 밀고 싶다고 알렸더니 전화번호 하나를 알려 주었습니다. 비공식적으로 병원과 연결된 출장 전문 이발사였습니다. 전화로 시간 약속을 잡자 간단한 도구를 준비한 50대의 이발사가 병동으로 왔습니다. 그러고는 능숙하게 병실에 있는 의자에 세팅을 하더니 순식간에 제 머리를 깔끔한 민머리로 만들어 주었습니다.

한 올의 머리칼도 없는 제 두상을 난생처음 마주하니 기분이 묘했습니다. 처연함과 더불어 일종의 결기도 생겼습니다. 장소를 가리지 않는 기자 본능 때문에 뒷마무리를 하는 이발사에게 여러 가지 질문을 했습니다. 당신은 병원 근처에서 이발소를 하고 있지만 병원에서 급한 전화가 오면 휴일도 마다않고 아침이든 새벽이든 달려온다고 합니다. 항암 치료 중인 환자뿐 아니라 급한 뇌 수술을 앞둔 환자도 이발이 필요한 경우가 많기 때문이라고 합니다. 마지막으로

"긴 머리카락을 자르는 여성들이 특히 힘들어하겠네요. 자를 때 울거나 그러지는 않나요?"라고 물었습니다. "아니에요. 그런 경우는 거의 본 적이 없어요. 여성들은 더욱 결연한 마음으로 준비를 하나 봐요. 자르고 나서 오히려 남자들보다 더 씩씩해요."라는 대답이 돌아왔습니다.

보호자는
총사령관

기자는 그 어떤 순간에도 흔들리지 않도록 훈련받습니다. 실제로 텔레비전 하단에 뜬 한 줄짜리 속보를 보고 10분 만에 전화 연결을 하거나, 생방송 중에 새롭게 일어난 일을 가지고 마치 미리 준비라도 한 양 한 시간 동안 떠들기도 합니다. 저는 2015년 가을 판교 환풍기 사고 당시 사고 현장 주변에 있다가 소식을 듣고 달려가 배터리 두 개를 들고 아무런 대본도 없이 네 시간 동안 생중계를 하기도 했습니다. 이렇게 훈련받은 기자도 본인의 질병 앞에서는 상황 판단력과 대응력이 무뎌집니다.

몸살인 줄 알았는데 피검사 이후 난데없는 백혈병 진단에 1차 타격을 받고 2차 골수 검사에서 사실상 백혈병 확진을 받자 지금 이 상황을 진단한 의사의 결정에 모든 것을 따라야 할 것 같은 생각이 들었습니다. 물론 촌각을 다투는 외상은 의사의 지시를 확실히 따르는 것이 맞습니다. 그러나 암환자의 항암 치료 문제는 그렇게 섣불리 결정할 일이 아니었습니다.

저는 다행히 미국에 있는 동생이 암 관련 연구를 하고 있었기에 당장 항암 치료를 시작하자는 의료진의 결정을 잠시 미루고 생각할 시간을 확보할 수 있었습니다. 현재 상황에서 가장 합리적인 선택은 무엇인가? 집에서 가까운 병원이 향후 통원 치료를 위해 좋을 것인가, 아니면 다른 병원으로 옮겨 가는 것이 좋은 선택인가? 나와 같은 환자들은 주로 어떤 병원에서 치료를 받는가? 결국 저는 병원을 옮겼고 현재 만족하며 치료를 받고 있습니다.

"제가 보호자인데 주위에 의료인은 물론 관련된 일을 하는 사람도 없고, 의학 지식 또한 전혀 없습니다. 전 어떻게 하죠?"라고 묻고 싶은 분도 있을 겁니다. 하지만 본인이 환자의 보호자라면 변해야 합니다. 당신이 노를 젓고 닻을 올려서, 폭풍우 몰아치는 바다 한가운데에서 환자를 안전한 항구로 데려가야 하기 때문입니다. 우선 마음을 굳건하게 먹으십시오. 만약 혈액암이라면 혈액암 협회를, 다른 질병이라면 해당 협회나 환우 홈페이지를 찾아 최대한 신속하게 정보를 모으십시오. 혼자하기 힘들 때는 주위의 도움을 받는 게 필수입니다. 빠른 시간에 환자의 상태를 확인하고 그에 가장 적합한 의료진과 병원을 찾으십시오. 다만 현재의 의료진을 무조건 배타적으로 대하지 마십시오. 본인이 취합한 정보와 의견이 합리적이라면 양심 있는 의료진이 따라 줄 가능성이 큽니다. 필요에 따라 현재 있는 의료 시설에서 치료를 받다가 병원을 옮길 수도 있습니다. 막막해 보이지만 이제 여러분은 환자와 함께 병마와 싸워 나갈 동반자입니다. 보호자는 동반자이자 친구이자 기댈 수 있는 대상인 동시에 모든 상황을 통제하는 총사령관이 되어야 한다는 것을 잊지 마십시오.

바늘에게

바늘이여,

그대는 요사이 참 나를 많이 찌른다.

각종 검사마다 굵기나 깊이가 다양한 그대 친구들이

가차 없이 살을 파고든다.

한때는 그대들이 미웠으나 이제는 그런 마음을 버렸소.

그대들의 찌름은 누군가를 살리기 위한 행동이잖소.

요즘 내가 던진 말의 바늘을 생각해 보오.

방송에 출연해 누군가를 향해 던졌던 독한 말의 바늘들

누가 듣지 않는다고 혹시나 뱉었을 흉기들

나의 찌름은 무엇을 위한 것이었는지.

언젠가 내가 일상에 복귀한다면

아마 또다시 수많은 찌름을 행할지도 모르겠네.

내 바늘이 사회적 약자를 상처 내지 않고
사회의 고름과 악취만 제대로 찌르도록 노력해 보겠소.

환자들이 진정 원하는 것

병원에 입원한 환자들은 스물네 시간 내내 단 한순간을 기다립니다. 그 시간은 면회 시간도 식사 시간도 아닌 주치의가 환자를 만나는 회진 시간입니다. 환자들은 자신의 정확한 현재 상태와 향후 치료 계획을 듣기 위해 온종일 이 시간을 학수고대합니다. 그러나 이 시간은 그냥 훌쩍 지나가 버리기도 합니다. 담당 교수에게 급한 일정이나 수술이 잡히면 회진은 연기됩니다. 그럴 때 환자들은 크게 낙담합니다.

여러 대형 병원들이 비싼 의료 기기를 들여오고 시설을 업데이트했다고 요란스럽게 광고를 하지만 정작 환자에게 필요한 부분은 놓치는 게 아닌가 생각합니다. 화려한 첨단 건물은 외부인들 보기에 좋겠지만, 예를 들어 환자에게 정확한 회진 시간과 자신의 몸 상태를 알려 주는 스마트밴드는 환자를 춤추게 할 겁니다. 스마트밴드를 통해 자신의 심박과 혈압 같은 수치를 확인하면서 가장 중요한 주치의 회진 시간도 실시간으로 통보받으면 얼마나 좋을까요? 그리고 이 정도 기술은 지금도 마음만 먹으면 충분히 가능한 수준입니다. 우리나라 IT 기술은 세계 최고 수준 아닙니까? 스마트밴드 가격은 건물이나 고가의 의료 장비에 비하면 비교할 수 없을 만큼 저렴합니다.

비단 병원뿐만 아니라 세월호 유족을 비롯해 지진, 수해, 가뭄, 지뢰 사고 등 각종 인재와 사고가 터졌을 때 피해자들이 이후 나온 당국의 대책에 만족했다는 이야기를 거의 들어 본 적이 없습니다. 이처럼 정부가 각종 대책을 쏟아 내도 정책 수혜자가 만족하지 못하는 가장 큰 이유는 수요자의 정확한 요구를 파악하고 반영하지 못하는 구조 때문일 것입니다. 각종 정책을 세울 때 외부 전시효과나 단기적 수익 대신 정책 수혜자의 시급한 요구가 시발점이 되기를 바랍니다.

백혈병 환자가
제안하는
의학 드라마

백혈병으로 갑자기 쓰러지는 드라마의 주인공을 저는 이제 이해합니다. 전에는 드라마의 극적 효과를 위해 백혈병이 진부하게 이용되는 걸로 생각했습니다만, 제가 직접 질병을 겪어 보니 정말 건강한 사람을 한순간에 쓰러뜨리는 게 백혈병이더군요. 그래서 백혈병 환자가 나오는 드라마 작가들에게 함부로 막장이라는 말을 쓰지 않겠습니다.

그럼에도 1980년대부터 2010년대까지 불치병과 삼각관계는 드라마 소재로 너무 많이 소비됐습니다. 요즘 한류 드라마가 주춤한 원인에는 진부한 소재도 한몫하지 않을까요?

우리나라 드라마가 아직 제대로 발굴하지 못한 분야가 바로 의학 전문 드라마입니다. 의사를 주인공으로 해서 큰 인기를 끈 드라마 「하얀 거탑」에도 수술 장면이 여러 번 나왔지만 의국의 정치적 대립이 주요 스토리 라인이었죠. 이 밖에도 의사를 주인공으로 하는 드라마는 계속 제작되었지만 사랑과 삼각관계가 세트로 등장했습니다. 이제는 바뀔 때가 됐습니다. 기회도 좋습니다. 우리나라 의료 기관은 해외에서 환자가 원정 진료를 올 정도로 수준이 높습니다. 사랑 대신 의학 전문성이 듬뿍 담긴 드라마라면 병원들도 자기들의 기술력을 홍보하기 위한 PPL을 많이 하지 않을까요. 외국 드라마 「덱스터」나 「하우스」, CSI 시리즈로 눈높이를 높여 온 한국 시청자들도 충분히 전문성 있는 내용에 열광할 준비가 되어 있습니다.

　게다가 드라마라는 서사 장르의 힘은 엄청납니다. 비정규직에 대한 수많은 기사보다 드라마 「미생」 속 장그래의 좌절을 보며 시청자는 비정규직의 아픔에 공감합니다. 의학 전문성이 탑재된 드라마를 통해 제대로 된 정보가 제공되면 시청자들은 재미와 함께 정보를 얻게 됩니다. 이 과정에서 질병에 대한 잘못된 편견을 바로잡을 수 있고 혹시 내가 그 병에 걸린 것은 아닌지 의심해 볼 기회도 얻습니다. 질병에 대한 편견이 사라지면 환자나 보호자들 역시 자신의 질병을 편하게 받아들이고 색안경 끼고 바라보는 주변의 시선에서 자유로워질 수 있습니다. 새로운 드라마를 만들고픈 피디와 제작자들의 도전을 기다리고 응원하겠습니다.

　　입원 환자들이 가장 민감해하는 것은 몸에 뭔가를 달거
나 빼는 일입니다. 1차 항암 치료를 시작하면서 제 가슴에는
커다란 주삿바늘 통로가 생겼습니다. 온몸에 주사액을 골고
루 전달해야 하기 때문에 심장 위에 있는 아주 큰 혈관을 잡
아서 구멍을 뚫은 다음 마개를 열었다 닫았다 하면서 주사
액을 주입했습니다. 그런데 힘들게 심은 이 중심 정맥관을
어제 뺐습니다. 가장 큰 이유는 나흘에 한 번씩 진행하는 피
검사에서 미세한 바이러스가 검출됐는데 그 감염 경로가 바
로 이 중심 정맥관으로 의심됐기 때문입니다. 몸에 있는 걸
빼면 좋은 일 아니냐고 생각할지도 모르겠지만 전 오래간만
에 우울한 기분에 빠졌습니다. 이제 그 이유를 설명하겠습
니다.

저는 매일 새벽 4시에 피검사를 합니다. 중심 정맥관이 삽입되기 전에는 매일 양쪽 팔 중 하나에 바늘을 푹 찔러 넣어서 피검사를 해야 했습니다. 하지만 중심관을 삽입한 다음부터는 그 구멍에 주삿바늘을 넣어서 피를 뽑을 수 있었습니다. 덕분에 열흘 정도 양쪽 팔에서 멍이 사라졌습니다. 게다가 가슴에 주사액 통로가 있으니 양손을 자유롭게 쓸 수 있었습니다. 이제 주사액 통로는 왼팔로 옮겨 오게 되었고 매일 아침 바늘로 피검사를 해야 합니다. 이것 때문에 오랜만에 우울해졌던 겁니다.

하지만 낙담만 한들 뭐하겠습니까. 저는 우연히 탐독하게 된 소설 『마션』의 주인공 마크 와트니에게서 정말 큰 도움을 받았습니다. 모든 역경을 긍정적으로 해석하는 그를 보고 저도 힘을 내기로 했습니다. 여기에도 뭔가 좋은 점이 있을 거라며 긍정 포인트를 찾기 시작했습니다. 당장 그동안은 샤워를 할 때 감염 위험 때문에 상체는 수건으로만 닦았는데, 상처가 아물고 나면 며칠 후부터 온몸과 가슴에 다시 뜨거운 물을 느낄 수 있으리라는 미래 효과로 저 자신을 달랬습니다. (상당히 효과가 있었습니다.) 그리고 오늘 새벽에는 어제보다 더 푹 잤습니다. 이것도 중심 정맥관을 뺀 덕택일 것이라고 생각하며 이 고비를 넘겨야겠습니다.

　　와트니, 이제 그대는 사랑하는 가족의 품에 안겨 있겠
군. 전 세계적인 환영 행사와 수천 번의 언론 인터뷰는 견딜
만했는지 모르겠네. 자네라면 아마 "선외 우주복 입고 작업
하기보다는 쉬웠지."라고 웃으며 대답해 줄 것 같은 생각도
드네. 우선 정말 축하하고 고맙네. 자네의 무사 귀환을 기대
하면서 나도 얼마나 가슴을 졸였는지 모르네. 특히 마지막
에 귀환 로켓을 타기 전 차량이 분화구로 떨어졌을 때 내가
얼마나 가슴을 졸였는지 자네는 모를 걸세. 왜냐하면 자네
에 비하면 약소하지만 나도 백혈병이라는 행성에 불시착 중
이거든. 크게 걱정하지는 말게. 그래도 이 무균실에는 디스
코를 비롯한 다양한 음악이 제공되고 멸균식이긴 하지만 감
자 외에도 다양한 음식을 먹을 수 있다네.

자네를 보니 난 참 엄살이 많았네. 난 화성도 아닌 지구에 안전하게 머무르고 있으며, 이 질병에 관해서는 이미 많은 치료 데이터가 있으니 말이야. 게다가 이젠 정맥에 바늘로 구멍 뚫기, 골수에 대바늘로 찌르기 등에도 익숙해졌네. 다만 향후 조혈 모세포(골수) 이식을 위한 험난한 2, 3차 항암 치료와 이식 직후에 있을 각종 면역 거부 반응이 화성의 모래 폭풍처럼 베일에 싸여 있긴 하네. 그래도 이겨 낼 수 있다고 믿고 있다네.

와트니, 자네는 500일 넘게 화성에서 버텼지만 나는 이 싸움을 조금 더 일찍 끝낼 수 있을 것 같은 생각에 조금이나마 위안을 얻네. 또 자네가 모든 문제를 하나씩 해결해 나가는 모습을 보면서 나도 많은 힘을 얻었다는 이야기를 해 주고 싶네. 이제 나의 무균실을 9호 막사라 칭하고 어떤 고통과 변수에도 잘 대응하리라고 다시 한번 다짐했네.

내가 백혈병 행성을 떠나 완치의 지구별에 도착하면 나랑 맥주 한잔 꼭 하세. 내년 가을에 한국에 한번 오는 건 어떤가? 한국의 가을 단풍은 정말 좋다네.

제가 처음 백혈병 투병 소식을 알렸을 때 가장 많은 사람들이 한 질문은 "병원이 어디니?", "면회는 언제 되는 거니?"였습니다. 한국인의 정서상 직접 얼굴을 보고 '힘내라'는 말 정도는 해야 제대로 된 위로를 했다는 느낌이 들기 때문입니다. 그때마다 "무균실에 있어서 면회는 안 됩니다."라고 답을 했습니다.

백혈병의 가장 큰 문제는 말 그대로 백혈구가 제대로 기능을 못한다는 겁니다. 쉽게 설명하면 몸 속의 면역체계가 내부의 균이나 외부의 병원체와 싸울 힘이 많이 떨어져 있는 상태입니다. 그래서 환자들은 깨끗한 공기가 제공되고 외부의 출입이 통제되는 무균실 병동에 입원해 있습니다. 그 병동에서 각종 항암 치료를 받고 다음 치료를 받기 위한 준비를 하게 됩니다. 항상 감염 위험에 놓인 환자를 보호하기 위해 직계 간병인을 제외한 일반인의 입실 자체가 엄격하게 통제됩니다.

저는 비교적 잘 견디고 있지만 항암 치료에 들어가면 환자들은 많은 어려움을 겪습니다. 입안이 쉽게 헐고 기력이 떨어집니다. 어느 때는 면회는 고사하고 전화 받는 것도 쉽지 않습니다. 또 예측하지 못한 시간에 각종 검사를 받고 나면 침대에서 오랜 시간 절대 안정이 필요하기도 합니다.

얼굴도 보고 싶고 하다 못해 목소리라도 듣고 싶은 마음이야 충분히 이해합니다. 다만 환자는 한 사람이지만 안부를 확인하고 싶어 하는 사람은 많다는 것을 기억해 주십시오. 그러니 꼭 면회를 해야겠다거나, 통화를 해야 내가 제대로 병문안을 하는 거라는 생각은 안 하셔도 됩니다. 백혈병이 아닌 다른 병이나 수술로 입원한 환자들에게도 일반인 면회객들이 무작정 환자를 방문하는 것은 위험합니다. 전염성 질병 발병률이 높아지기 때문입니다. 이 같은 사실은 응급실로 실려 온 슈퍼 전파자 한 명이 옆 병상을 비롯해 그 병원을 찾은 사람을 무차별적으로 감염시켰던 2015년 메르스 사태에서도 여실히 증명됐습니다. 참혹했던 메르스의 상처가 다 아물지도 않았는데, 한국 특유의 정(情) 문화 때문에 주말만 되면 병실은 다시 가족과 친지, 친구 면회객들로 가득 찹니다.

　면회나 전화를 고집하기보다 문자나 카카오톡으로 본인의 마음을 전하는 게 환자를 위해서 더 좋을 수도 있습니다. 그리고 가급적 평서체로 종결해 주시면 가장 좋습니다. (의문문이 아니라서 대답을 늦게 해도 덜 미안하거든요.) 그리고 SNS 친구들은 덧글 한 줄이면 그 마음을 온전히 받을 수 있습니다.

　　골수의 정확한 상황을 파악하거나 차수별 항암 치료가 성공적으로 진행되고 있는지를 확인하기 위해서는 당연히 골수 검사를 받아야 합니다. 여기에 환자의 상황에 따라 척수강 검사를 받기도 합니다. 전 처음에 담당 전공의가 두 번이나 골수 채취에 실패하는 바람에 담당 교수가 직접 온 다음에야 골수 채취를 마친 아픈 기억이 있습니다. 그 검사를 받을 시기가 또 다가왔습니다.

　　1차 항암 치료가 잘 진행됐는지 확인하기 위해 긴장된 마음으로 골수 검사실로 이동했습니다. 속으로 '그래 한번 해 봤으니 덜 아프겠지.'라고 스스로 다짐해 봤지만 불안감을 지울 순 없었습니다. 그런데 웬걸, "따끔합니다."라는 말과 함께 국소마취제가 투여된 후 얼마 지나지 않아 "다 됐습니다."라는 말이 들렸습니다. 100의 고통을 예상했는데 30 수준에서 끝난 겁니다. 전 쾌재를 부르며 '역시 큰 병원은 달라. 이런 행운이 내게도 오는구나.'라며 정말 어린아이처럼 좋아했습니다.

그런데 정말 인생사는 새옹지마인가 봅니다. 입원 초기에 한 번의 시도로 끝나 위안을 줬던 척수강 주사 과정에서 위기가 닥쳤습니다. 첫 검사에서 한 번에 성공했던 담당 전공의는 '이번에도 한 번에 끝날 겁니다.'라고 말하는 듯 호기로운 얼굴로 척수강 채취를 시작했습니다. 저도 당연히 안심했습니다. 그러나 어쩐 일인지 주삿바늘을 두 번이나 찔러 넣고도 필요한 용액을 채취하지 못했습니다. 시간은 흐르고 전공의도 당황해서 다시 시도를 하려고 할 때 이를 지켜보던 간호사가 "제가 ○○ 선생님에게 도움을 요청해 볼게요."라며 연차가 높은 전공의에게 도움을 요청했습니다. 그런데 저에게 천운이 있었던 걸까요. 때마침 회진을 돌던 다른 교수님이 오더니 저를 안정시킨 후 "제가 해도 안나올 수 있지만 한번 해 볼게요."하고는 단번에 채취를 끝냈습니다. 처치가 끝나자 간호사는 저를 담당했던 전공의가무안하지 않도록 "선생님, 교수님이 어떻게 직접 오시게 됐네요. 미안해요. 저도 이렇게 될 줄 몰랐어요."라며 최대한 배려하는 모습을 보였습니다.

저는 두 사람의 경륜 덕분에 고통의 늪에서 벗어날 수 있었습니다. 당황한 전공의가 계속해서 실패할 위험이 높은 것을 예상하고 기분 나쁘지 않게 선배를 불렀던 제 담당 간호사의 빠른 판단력, 그리고 오랜 단련으로 환자를 진정시키고 단번에 시료를 채취한 교수님의 기술 덕분입니다. 환자의 입장에서는 모든 면에서 능숙한 사람에게 처치를 받고 싶지만 병원의 입장에서는 당연히 새로운 인력을 키워야 합니다. 숙련된 교수님과 간호사들도 분명 수많은 시행착오 끝에 지금의 단계에 올랐을 테니까요.

환자에게 고통을 수반하는 검사가 아프지 않을 가능성은 그야말로 복불복입니다. 얼마나 숙련된 사람이 하느냐에 따라 성공 여부가 결정되거든요. 지금 이 글을 쓰고 있는 새벽 4시, 보통은 주삿바늘을 한 번 찔러서 간단히 끝내는 혈액 채취를 경험이 적은 간호사가 몇 차례 실패하는 바람에 경험이 많은 간호사가 와서 하고 갔습니다. 제 글의 주제가 실시간으로 증명되고 있네요. 안타깝게도 환자는 누가 숙련된 의료진인지 알 수 없고, 설령 안다 해도 선택할 권리가 없습니다. 다만 한 번에 끝났어야 할 처치가 두 번 연속 실패했을 경우 해당 의료진에게 "환자로서 고통스러우니, 경험이 많은 선배나 다른 분의 도움을 받는 걸 고려하면 안 되겠습니

까?"라고 정확하게 의사를 표현하는 게 그나마 가장 합리적
인 방법이리라는 생각이 들었습니다.

2015년 11월 24일 1차 항암 치료 22일 차.

"황승택 님, 다행입니다. 조혈 모세포(골수) 은행에 등록된 공여자 가운데 1순위 분과 연락이 됐고 그분이 기증 의사를 유지하겠다는 뜻을 밝히셨습니다."

골수 이식을 담당하는 코디네이터가 1차 항암 치료 기간 중 믿을 수 없을 만큼 반가운 소식을 전했습니다. 저와 일면식도 없는 생면부지의 공여자가 기꺼이 자신의 조혈 모세포를 나눠 주겠다는 약속을 재확인했다는 겁니다.

저처럼 건강한 피를 만드는 조혈 모세포가 정상 기능을 못하는 환자는 의료진의 판단에 따라 조혈 모세포 이식을 해야 합니다. 환자가 건강한 조혈 모세포를 새롭게 만드는 방법은 자신의 건강한 골수를 자가 이식하거나, 가족에게서 공여받거나, 한국조혈모세포은행협회에 등록한 공여자로부터 기증을 받는 것입니다. 저는 가족이나 공여자에게 기증을 받는 것만 가능한 상황이었죠.

그런데 조혈 모세포 이식이 가능하려면 수혈을 받을 때 같은 혈액형에게 피를 받듯 HLA(human leukocyte antigen)라고 부르는 유전형질이 반드시 일치해야 합니다. HLA 항원은 부모 양쪽에서 반씩 물려받기 때문에 부모와 일치할 확률이 매우 낮고 형제간에도 일치할 확률이 25퍼센트밖에 안 됩니다. 특히 타인과의 일치 확률은 보통 2만 분의 1로 아주 희박하다고 합니다. 2주 전 저에게 가장 바람직한 시나리오였던 제 유일한 형제자매인 남동생과 유전형질이 25퍼센트밖에 일치하지 않는다는 것을 알게 된 저는 매우 우울한 상태였습니다. 그런데 정말 희박한 확률인 타인 공여자가 나타났다는 것은 기적처럼 놀라운 일이었습니다.

게다가 보건복지부가 2014년 조혈 모세포 이식 현황을 조사해 봤더니 처음에 기증 의사를 밝혔다가 실제로 이식받을 환자가 나타나자 거부한 비율이 무려 49퍼센트에 육박했습니다. 전 다행스럽게 저와 유전형질이 99퍼센트가량 일치하는 1순위 공여자가 기증 의사를 철회하지 않았습니다. 주치의는 유전형질 일치도가 너무 높게 나타났다면서 부모님께 숨겨 놓은 형제가 없는지 여쭤보라고 할 정도였습니다.

한 치 앞도 보이지 않던 항암 치료 과정에 드디어 확실한 1차 목적지가 생겼습니다. 앞으로 두 차례의 집중 항암 치료를 받은 후 건강한 몸을 유지하면서 조혈 모세포 이식 수술을 받는 겁니다. 이 소식을 제일 먼저 아내에게 전했습니다. 아내는 기증을 해 준다고 하신 분이 너무 고맙다면서 안도의 울음을 터뜨렸습니다. 우는 아내를 달래려고 저는 담담한 목소리를 유지했지만 제 뺨 위로도 눈물이 흘러내렸습니다.

많은 백혈병 환자들이 형제자매와 유전자 적합도가 어긋나면 한국조혈모세포은행협회에 등록된 공여자 가운데에서 기증자를 찾게 됩니다. 당연히 많은 사람이 등록할수록 그 확률은 높아집니다. 특히 우리나라는 한민족이라 다른 나라에 비해 유전형질이 일치할 확률이 높다고 합니다. 조혈 모세포 기증 방법도 간단합니다. 헌혈의 집에 가서 '조혈 모세포 기증 희망자 등록 신청서'를 작성한 후 혈액 5밀리리터를 채혈하거나 전혈을 하면서 기증 의사를 밝히면 됩니다. 그리고 골수 검사를 할 때는 엉덩이뼈에 바늘을 찔러 아프지만 이식을 위한 조혈 모세포를 채취할 때는 헌혈하듯이 피를 뽑는 방식으로 진행하기 때문에 큰 고통이 없습니다.

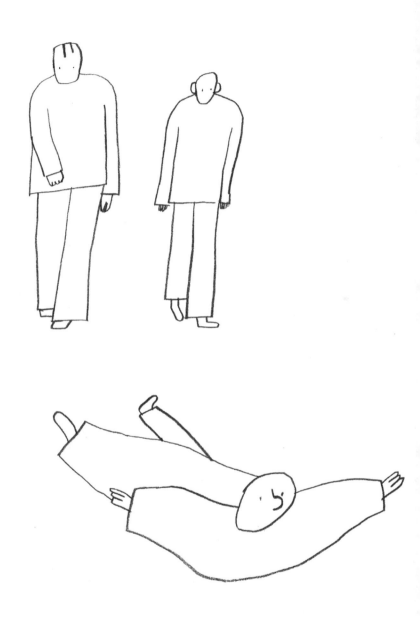

만추, 귀휴, 퇴원

1차 항암 치료가 무사히 끝났습니다. 다행히 치료 예후가 좋아 각종 혈액 수치들도 전보다 좋아졌습니다. 백혈병 환자들은 차수별 항암 치료가 끝나고 몸 상태가 괜찮으면 퇴원해서 집에서 2주 정도 쉴 수 있는 일종의 휴가를 받게 됩니다. 독한 항암 치료를 견뎌 낸 육체와 정신에 휴식을 주는 거죠. 덕분에 저는 한 달여 만에 다시 집으로 돌아갈 수 있었습니다. 다만 2차 항암 치료 일정에 맞춰 다시 병원으로 돌아가야 합니다.

병원에 다시 입원할 날짜를 받아 놓고 집에 오면서 문득 장기 재소자가 바깥 사회 외출을 하는 귀휴 제도가 떠올랐습니다. 영화 「만추」에서 살인죄로 복역 중이던 탕웨이가 이 귀휴 제도를 이용해 바깥 사회에 나왔다가 현빈을 만났죠.

우리나라에도 이런 제도가 있을까 궁금해서 자료와 기사를 찾아봤습니다. 우리나라에는 귀휴 제도가 1962년에 처음 도입됐더군요. 형기 3분의 1이 지나고 교정 성적이 우수한 재소자가 대상이며 1년 중 20일 내에서 외출을 할 수 있는데 매년 1000여 명이 혜택을 받는다고 합니다.

재소자가 귀휴를 나가면 준수해야 할 규칙이 있습니다. 귀휴지 이외의 지역을 가서는 안 되고 교도소장에게 1일 1회 보고를 하는 '귀휴 조건'이 붙기도 합니다.

잠시 퇴원한 환자에게도 의무와 규칙이 있습니다. 우선 다음 항암 치료를 잘 받기 위해 운동을 꾸준히 해서 근력을 키우고 몸무게도 늘려야 합니다. 그리고 면역력이 떨어진 상태이기 때문에 사람이 많은 곳이나 외부인과의 접촉은 최대한 자제해야 합니다.

비록 여러 제약이 있지만 답답한 무균실을 떠난다는 해방감과 청량감에 모처럼 마음이 설렜습니다. 집에 온 당일에는 이 기분을 조금이라도 더 만끽하고 싶어서 늦게 잠들었습니다. 집에 온 다음 날에는 병원 스케줄에 맞춰진 생체 시계 때문에 어김없이 새벽 4시에 눈을 떴습니다. 방 안 침대에 누워 있었더니 다 큰 아들 재활을 돕겠다고 상경하신 아버지와, 어머니가 도란도란 대화하는 소리가 들립니다. 안방에서는 사랑하는 아내와 딸이 자고 있습니다. 영상 통화 대신 이 모든 걸 제 눈으로 보고 귀로 들을 수 있는 지금 이 순간이 너무나 감사합니다.

저는 자유가 속박되는 감옥 대신 자유로운 병원으로 돌아간다는 점에서 귀휴를 받은 재소자보다는 형편이 나을 수도 있습니다. 반면 재소자들은 복역이 끝나는 시간이 명확하게 정해져 있지만 전 병세와 치료가 어떻게 진행될지 가늠할 수 없는 불확실성 앞에 놓여 있습니다. 다시 입원하는 날이 정말 천천히 다가왔으면 좋겠습니다.

영화 「만추」의 마지막 장면에서 복역 기간을 끝마친 탕웨이가 누군가를 향해 여운 있는 대사를 합니다. "It has been a long time." 저도 모든 치료를 잘 끝내고 병원에 올 필요가 없는 날을 상상해 봅니다. 그날, 탕웨이의 마지막 대사를 저에게 해 주고 싶습니다. "지금 이날이 오기까지 정말 오랜 시간이 걸렸지. 장하다. 승택."

멈춰야 비로소 보이는 것들

병원에서 일시적으로 퇴원해 집에 와 있는 동안 환자가 지켜야 할 의무는 크게 두 가지입니다. 첫째는 잘 먹고 청결한 상태를 유지하면서 감기 등 다른 질병에 절대 걸리지 말 것. 둘째는 다음 항암 치료를 위해 체중과 함께 근력을 키워 올 것. 어제처럼 눈이 오고 기온이 떨어지면 외부 운동 대신 실내 운동을 해야 합니다. 집에서 하는 운동은 지겹기 때문에 제가 선택한 것은 바로 아파트 지하 주차장 걷기입니다. 그나마 저희 아파트 주차장은 약 열 개 동이 공유하도록 설계되어 있어서 걸어 다닐 공간이 제법 넓습니다.

이 아파트에 이사 온 지는 벌써 3년이 넘었습니다. 2년 전세 계약 후 비자발적 반전세 거주민이 됐습니다. 다양한 코스로 지하 주차장을 탐험하다 보니 모르던 사실을 여러 가지 알게 됐습니다. 지하 주차장 한 구석에 세상에나 탁구장이 있었습니다. 탁구대가 대여섯 개나 있어 제법 규모가 컸습니다. 아무리 주차장 외진 곳 한쪽에 있다 해도 그걸 3년 만에 알게 되다니요. 또 관리 사무소를 지상이 아니라 지하 주차장을 통해 직접 갈 수 있다는 것도 알게 되었습니다. 더 놀라웠던 건 아파트 뒷동산이 옆에 있는 작은 야산의 산책 코스로 이어져 있었던 겁니다.

투병 생활을 하기 전까지는 주차장을 이렇게 관심 있게 본 적이 없었습니다. 조금이라도 집으로 빨리 올라갈 수 있는 주차 구역 찾기에 온 관심을 집중했고 주차가 끝나자마자 재빠르게 올라갔었죠. 요즘 하루에 두세 번 주차장을 돌다 보니 몇 시에 재활용 쓰레기를 수거하는 분이 오는지, 주차장 청소를 몇 분이 하는지, 경비 서는 분들은 언제 순찰을 도는지 등 다양한 활동 등을 보게 됩니다. 그동안 일상의 수레바퀴 안에서 얼마나 많은 것을 놓치며 살아왔는지도 자못 궁금해집니다.

병이 준 교훈 중 하나가 한 박자 쉬어 가는 템포로 이젠 나, 내 가족뿐만 아니라 옆도 보고 주위도 보고 뒤도 살펴보는 삶의 자세를 잊지 말라는 게 아닌가 생각해 봅니다.

문학작품 속의 백혈병 환자

　　1차 퇴원 후 집에 와 있는 동안 책을 볼 체력이 생겨서 이언 매큐언의 『칠드런 액트』를 읽었습니다. 아이가 없이 예순 살을 앞둔 영국의 고등법원 판사가 이 책의 주인공입니다. 이 여주인공은 본인의 성공을 위해 임신을 미루다 결국 출산의 기회를 놓치고 육체적 매력도 소멸해 가고 있습니다. 그러던 어느 날 샌님 남편이, 젊은 여자와 불같은 사랑에 빠져서는 그래도 결혼은 유지하고 싶다는 한국의 아침 드라마에서나 들을 법한 주장을 하며 집을 나갑니다. 충격에 빠진 여주인공은 일에 파묻혀 현실을 외면하려고 하죠. 바로 그때 종교적 신념을 이유로 백혈병 치료에 필수적인 수혈을 거부하는 열일곱 살 학생에게 강제 수혈을 하게 해 달라는 사건을 맡게 됩니다.

작가의 필력 때문인지 책은 술술 읽힙니다. 영국 상류층에 대한 세밀한 묘사와 상당한 조사가 뒷받침된 법리적 해석, 여기에 재즈와 클래식까지 자연스럽게 버무려져 있습니다. 문체에서 업그레이드된 영국식 존 그리샴과 얌전한 하루키가 동시에 느껴졌습니다. 문제는 이 소설의 중요한 갈등 요소로 등장한 백혈병 청년의 운명이었습니다. 만약 제가 지금 백혈병에 걸려 있지 않다면 이 청년의 결말이 어떻든 상관하지 않았을 겁니다. 소설의 맥락과 문학적 비극을 충분히 음미할 수도 있었을 겁니다. 하지만 전 소설 속 등장인물과 같은 백혈병 환자입니다. 책을 읽으며 그 청년의 비극적 운명을 예상했지만 속으로는 제발 그런 일이 일어나지 않기를 빌었습니다. 그러나 작가는 환자 독자의 소망을 여지없이 배반했고 전 책의 마지막 장을 덮으며 왠지 모를 아쉬움을 느꼈습니다.

독자로서의 객관성을 유지한다면 소설 속 사건은 아무 문제가 없습니다. 오히려 청년의 죽음은 소설을 절정으로 이끌기 위해 꼭 필요한 요소였습니다. 다만 제가 환자가 되어 보니 당위와 현실은 다르다는 느낌이 듭니다. 즉 머리로는 이해가 되지만 감정으로는 잘 받아들여지지 않는 겁니다. 꼭 작가가 그 청년에게 비극적 결말을 선사했어야 하는가 하는 아쉬움이 너무나 컸습니다.

집단의 폭력적 반발을 고려한 사전 검열 효과로 예술적 상상력이 제한되는 것은 바람직하지 않습니다. 다만 특정 질병이나 집단이 부정적으로 묘사될 때 당사자들은 그 인물에 과도하게 감정이입될 수 있다는 사실을 예술가들이 조금만 배려해 주기를 기대합니다.

미리 아는 것이
독이 될 수 있다

전 남들보다 비교적 늦게 군대를 갔습니다. 대학교 4학년 1학기를 마치고 한 학기를 남겨 둔 이듬해 2002년 3월 훈련소에 입소했습니다. 제법 나이가 들어 입소했지만 당일 오후 신병 교육대에 입소한 저를 포함한 수백 명의 청년들은 순식간에 모두 어리바리한 훈련병이 됐습니다. 처음 신어 보는 워커와 바짓단 접기 등 지금 보면 별일 아닌 사소한 규칙들 앞에서 대다수 훈련병들은 왠지 기가 죽었습니다. 특히 논산훈련소에서 본격적인 훈련이 시작되면 훈련병들의 관심은 모두 본인들이 다음 주에 받을 훈련에 집중됐습니다. 기억이 정확하지는 않은데 약 3주 차에 각개전투, 4주 차에 사격, 5주 차에 야외 숙영, 6주 차에 야간 행군 등이 주요 훈련 일정이었던 것 같습니다. 예를 들어 2주 차 훈련병들은 3주 차 훈련인 각개전투에 대한 정보를 수집하려고 애를 씁니다. 군대에 들어오기 전 자기 친구로부터 들은 정보를 공유하는 사람, 고향 친구가 논산훈련소 조교였다며 편하게 훈련받을 수 있는 비법을 알려 주는 사람, 주말 종교 활동 시간에 3주 차 훈련을 끝낸 사람을 만났다며 생생한 디테일을 설명하는 사람까지 종류도 다양했습니다.

무균실 병동 환자들의 관심도 논산훈련소의 훈련병과 다르지 않습니다. 1차 항암 치료를 앞둔 사람은 1차 항암 치료를 끝낸 환자의 정보를 갈망합니다. 2차 항암 치료에 돌입한 환자는 3차 항암 치료 방법과 환자가 감내해야 할 고통에 민감합니다. 마치 논산훈련소 1주 차 훈련병이 2주 차 훈련병을, 2주 차 훈련병이 3주 차 훈련병을 부러워하는 구조와 유사합니다. 훈련 조교와 분대장에 대한 평판은 병동에서 본인을 담당하는 주치의 교수와 간호사로 대체됩니다.

문제는 사전 정보가 도움이 될 수도 있지만 불필요한 걱정을 미리부터 하게 만드는 부작용이 크다는 겁니다. 각개전투 훈련이 엄청 힘들어서 팔목과 무릎이 다 까질 정도라는 정보가 입수된다고 해서 논산훈련소의 훈련병이 미리 준비할 수 있는 것은 딱히 없습니다. 만약 사회에 있다면 팔목, 무릎 보호대를 사서 충격에 대비할 수 있겠지만 군대에서는 '난 무릎이 안 좋은데 큰일이다.'라는 걱정만 커집니다. 항암 치료 역시 차수가 높아질수록 투입되는 항암제 용량이 높아지고 각종 부작용이 생길 가능성도 커집니다. 하지만 환자에게 이런 다양한 정보는 미래에 대한 걱정만 더해 줍니다.

제가 내린 결론은 걱정을 미리 사서 하지는 말자는 것입니다. 군대 시절 기억을 떠올려 보니 6주 차 야간 행군은 정말 힘들어서 몇 명이 이송 차량에 실려 갔다는 정보가 나돌았지만 당시 제가 속한 분대는 낙오자 없이 훈련을 잘 끝냈습니다. 물론 3차 항암 치료는 대다수가 힘들어한다는 통계가 있지만 제가 예외인 10퍼센트에 속할 수도 있는 것이고 그만큼 힘들다면 그 순간을 잘 버티는 것밖에 달리 답이 없습니다. 미리 알고 있는 정보로 현재의 편안함을 손상시키는 우를 범하지 말아야겠습니다.

예감은 틀리지 않는다

기자들이 수습 시절 경찰서와 여러 정부 부처를 도는 것처럼 의사도 전공의 시절에 정기적으로 과를 바꾸는 것 같았습니다. 그래서인지 제가 다시 입원을 하니 낯선 얼굴이 저를 맞이했습니다. 저는 즉각 기초 정보 파악에 착수했습니다. 왜냐하면 이 전공의가 바로 제 척수에 주삿바늘을 꽂고 척수 액을 채취할 사람이기 때문입니다.

"전에 계시던 선생님과는 연차가 어떻게……." 약간 당황한 듯한 그녀는 "전에 계시던 선생님이 제 선배입니다."라고 답했습니다. 걱정은 됐지만 똑떨어지게 말을 이어 가는 모습을 보며 주사 솜씨는 야무질 것이라는 소망과 확신을 스스로에게 주입했습니다.

운명의 날, 저를 담당하는 전공의가 척수 액 채취를 실시하기 위해 병실에 들어왔습니다. 안타깝게도 의사를 보조해야 할 간호사도 주니어급이었습니다. 지난해 1차 입원 당시, 전공의가 두 번이나 채취에 실패하자 자존심 상하지 않게 교수를 불러 주던 간호사처럼 노련한 의료진의 도움을 기대하기 어려운 상황이었던 거죠. 불안감이 고개를 들었지만 별일 없을 거라며 스스로를 안심시켰습니다. 저는 호기롭게 "준비됐습니다. 하시죠, 선생님."이라고 말하고는 병상에 누웠습니다.

전공의는 자신감 있게 1차 시도를 했으나 실패했습니다. "지난번에는 잘 나왔나요?"라고 저에게 묻고 주저하지 않고 주삿바늘을 다시 척수에 찔렀지만 기대했던 결과는 나오지 않았습니다. 제 머릿속에서 "선생님. 이제 교수님이나 선배들에게 도움을……."이라는 말이 맴도는 찰나, "한 번더 해 보겠습니다."라는 자신감 있는 목소리와 함께 몸에 들어온 세 번째 주삿바늘은 공허한 공간만을 헤맸습니다. 그녀는 "매일 수십 번 채취하는 신경외과 쪽에 도움을 청하겠습니다."라고 말하고는 병실을 떠났습니다. 저는 멍하니 누워 있을 수밖에 없었습니다. 실패를 두려워하지 않는 자신감은 확고했지만 그녀의 채취 실력은 이를 뒷받침하지 못했고 안타깝게도 제가 그녀의 환자였습니다.

다행히 다음 날 신경외과 전공의가 단 한 번에 척수 액 채취에 성공했습니다. 저는 제 척수 액 채취 실패는 마지막 액땜이자 한국 의료진의 기량 향상을 위한 소소한 희생이라고 되뇌며 자신을 토닥였습니다.

골수 이식, 그리고
시간이 정지된 방

손꼽아 기다리던 조혈 모세포 이식 날짜가 잡혀 2016년 1월 말에 병원에 다시 입원했습니다. 1차 항암 치료 때처럼 가장 먼저 심장 쪽 정맥에 구멍을 뚫어서 열고 닫을 수 있는 마개를 달았습니다. 지난번에는 감염 위험 때문에 이 장치를 떼어 냈지만 이번에 투입되는 항암제가 워낙 독하다 보니 다시 중심 정맥관을 잡기로 했습니다. 만약 팔에 있는 혈관으로 항암제를 주사했다가 혹시 혈관이 터지기라도 하면 다른 장기들이 손상을 입을 수 있었기 때문입니다.

가슴에 구멍을 뚫은 다음 날 드디어 집중 무균실에 입성했습니다. 집중 무균실은 저처럼 조혈 모세포 이식을 준비하는 환자들을 위한 특별 격리 공간입니다. 한 점의 먼지도 허용하지 않는 반도체 공장과 비슷하다고 생각하면 됩니다. 집중 무균실의 자동 유리문을 통과하고, 입은 옷을 모두 벗고 샤워를 한 후 멸균 처리된 옷을 입고 한 평 반짜리 방으로 들어갔습니다.

방 안에는 항상 세균을 99퍼센트 제거한 깨끗한 공기가 흘렀습니다. 공기로 전파되는 질병을 차단하기 위해서입니다. 또 외부 접촉으로 인한 감염을 막기 위해 간호사들도 반도체 제조 공장에서 입는 것과 비슷한 소독된 방진복과 마스크를 쓰고 환자를 돌봅니다. 환자에게 건네는 각종 약물과 물건 역시 핀셋으로 건넬 정도로 멸균 상태를 유지하기 위한 세심한 조치가 이뤄집니다. 이처럼 극도로 조심하는 이유는 이식 직전의 환자들은 자신의 몸에 남아 있는 기존의 조혈 모세포를 제거하기 위한 고용량의 항암제 투여로 인해 면역력이 제로에 가까운 상태가 되기 때문입니다.

환자들이 쓰는 방은 크기가 고시원 방만 한데 생존에 필요한 물건은 다 있습니다. 1인용 침대와 의자 하나, 벽면에 붙어 있는 텔레비전 밑에 변기가 있습니다. 그 옆에는 평소에는 벽에 걸어 두었다가 샤워할 때 빼서 쓰는 접이식 욕조도 있죠. 공간이 좁다 보니 밥은 침대 밑에서 빼서 올리는 반쪽짜리 접이식 책상에서 합니다. 면회는 방에 있는 유리벽을 사이에 두고 인터폰으로 제한된 시간에만 허용됩니다.

방에 들어온 지 나흘째 되는 2016년 2월 4일, 드디어 공여자의 조혈 모세포가 병원에 도착했습니다.(공여자는 자신이 선택한 병원에서 조혈 모세포를 기증하고 이식받을 환자가 있는 병원 코디네이터가 이를 공수해 옵니다.) 약 세 시간에 걸쳐 저를 새롭게 태어나게 해 줄 건강한 조혈 모세포가 제 몸으로 들어오는 걸 지켜봤습니다. 이 순간을 위해 달려온 지난 시간을 생각하니 온갖 생각이 주마등처럼 스쳐 갔습니다.

감동의 순간이 지나가자 고통의 시간이 찾아왔습니다. 세 발짝 걸으면 벽과 마주하는 공간에 일주일째 갇혀 있다 보니 가슴을 짓누르는 답답함이 몰려왔습니다. 절대적 운동 부족과 고강도 항암제로 인한 구토 유발 증세 때문에 식욕은 점점 떨어졌습니다. 제 주변에 있던 다른 환자들은 입으로 먹는 식사를 포기하고 주사제로 영양을 공급받기 시작했습니다. 하지만 저는 위 기능을 정지시키면 몸의 회복 속도가 더뎌질 것 같아서 어떻게든 밥을 먹었습니다. 컨디션이 안 좋아도 매일 샤워를 했습니다. 움직이지 못해 속절없이 빠지는 근육량을 유지하려고 제자리 운동을 하고 아령을 들었습니다.

2000년대 유행한 「드래곤볼」이라는 만화에는 시간과 정신의 방이라는 곳이 있습니다. 그곳에서의 하루는 바깥 세상의 1년과 맞먹는데요. 주인공들은 강력한 적과 상대하기 위해 그 방에 들어가서 집중 수련을 합니다. 조금이라도 이 답답함을 견뎌 내기 위해 저는 제가 시간의 방에 들어와 있다고 생각하기로 했습니다. 한 시간이 하루 같은 이 독방을 잘 견디고 나가면 지금보다 훨씬 건강해질 것이라고 믿으면서 말이죠.

이런 마음가짐 덕분인지 조혈 모세포 이식 직후, 백혈구와 적혈구 수치가 집중 무균실을 벗어나도 될 만큼 빠른 속도로 반등하기 시작했습니다. 저는 이식받은 환자들이 평균 15일을 머물러야 나갈 수 있다는 집중 무균실에서 9일 만에 탈출했습니다. 똑같은 병실이지만 세 발짝 이상 걸을 수 있는 병실로 옮긴 날이 마치 퇴원하는 날처럼 기뻤습니다.

암 유발 야구라니요?

이식 후 퇴원하고 나서 가장 좋은 건 좋아하는 프로야구 시즌이 시작됐다는 겁니다. 예전에는 제가 어릴 때부터 좋아했던 KIA타이거즈 선수들을 관심 있게 봤지만 이제는 다른 선수들이 새롭게 눈에 들어옵니다. 저도 암의 일종인 혈액암(백혈병)을 앓다 보니 암을 극복한 선수에게 더욱 관심이 갔습니다. 대장암을 이겨 낸 NC의 원종현 선수, 위암을 이겨 낸 한화의 정현석 선수 등입니다. 이 선수들을 보면 왠지 모르게 동지 의식이 느껴집니다.

이 선수들이 그라운드에 다시 서기까지의 재활 노력을 상상해 보면 저의 재활은 정말 소소합니다. 저는 고작 모든 음식을 삶아 먹고 김치, 제철 과일, 어패류 등 신선한 음식을 6개월 동안 먹지 않는 것, 여기에 감기 등 각종 질병에 걸리지 않도록 각별한 주의를 하며 체력을 키우는 게 답니다.

반면 원종현 선수는 아홉 번의 항암 치료를 견뎠다고 합니다. 그리고 잃어버린 투구 감각을 되찾기 위해 정말 지난한 재활 과정을 거쳤을 겁니다. 성공적으로 복귀했던 정현석 선수 역시 배트를 다시 잡기 위해 피나는 훈련을 견뎠겠죠.

그런데 야구 관련 사이트나 기사 댓글을 보면 '암 유발 타선', '발암 야구'라는 말이 관용어처럼 자주 등장합니다. 저도 투병 전에는 별생각 없이 넘겼는데 제가 직접 병을 앓고 또 병을 이겨 낸 선수들의 활약상을 보면서는 이런 표현이 받아들여지지 않았습니다. 내가 병에 걸렸다고 생긴 일방적 피해의식이나 '꼰대질'인가 하고 곰곰이 생각해 봐도 선수나 야구에 대한 비판 단어로는 부적절해 보입니다. 특히 '암 유발 ○○' 식의 댓글은 주제를 가리지 않고 사용됩니다.

사람을 물리적으로 때리는 것만 폭력이 아닙니다. 우리 주변에는 힘든 고통을 이겨 낸 환자와 가족들이 많습니다. 보건복지부가 2014년 기준으로 파악한 암 환자 수는 180만 명이고 가족을 포함하면 그 말에 상처받을 사람들의 수는 더 많을 겁니다. 암 환자들은 병을 이겨 낸 후에도 재취업을 하기 어렵고 자신의 자리에 돌아간다 해도 제대로 일할 수 있겠느냐는 냉정한 시선과 마주해야 합니다. 이 글을 읽는

독자 여러분만이라도 최소한 이런 단어를 말하거나 댓글로
달지 않았으면 합니다.

오늘은 매달 한 번 정기검진을 받는 날입니다. 새벽 6시 50분, 병원에 도착했습니다. 몸속의 백혈구와 적혈구 등 각종 수치를 정확히 측정하려면 혈액 채취 전 네 시간 이상 공복 상태를 유지해야 하기 때문입니다. 이날의 검사 결과를 바탕으로 주치의와 중간 상황을 점검하고, 온 김에 면역 체계를 보완해 줄 글로블린이라는 항체 주사를 맞습니다.

저처럼 퇴원한 환자가 시간이 오래 걸리는 주사를 맞으려면 외부항암주사실이라는 곳에 가야 합니다. 전 대략 두세 시간 정도 주사를 맞는데, 그러다 보면 자연스럽게 옆 병상의 낯선 환자들과 만나게 됩니다. 대부분 보호자와 함께 오지만 전 항상 혼자 가기 때문에 상대가 말을 걸지 않으면 조용히 혼자 있는 편입니다.

오늘은 60대 후반으로 보이는 부부가 제 옆 병상에 앉
았습니다. 귀에 콕콕 박히는 경상도 사투리를 들으며 이들
의 출신을 짐작했습니다. 원래는 오늘도 대화에 낄 생각이
없었는데, 어쩌다 보니 대화에 참여하게 됐습니다.

　　남편: "어디 쬐끄만 피자 파는 데 없나?"
　　부인: "하이고야. 집에 가면 내가 고마 하나 만들어 주
꼬마."
　　나: "세브란스 본관에 가면 파는 곳이 있습니다."
　　부인: "맞다, 나도 한 번 본 적 있다 아이가. 그걸 기억
몬했네."
　　남편: "그래. 내 약 맞고 자는 동안 점심때 되면 하나
사다 주소."

　　그리고 서로 대화가 오고 갔습니다. 남편분은 저에게
어디가 아파서 병원에 왔는지 물었고 저는 지난해 10월 백혈
병이 발병했고 다행히 지금은 이식 수술을 잘 받아서 회복
중에 있다고 대답했습니다. 부부는 "돈도 많이 들었을 낀데.
진짜 조혈 모세포 기증해 준 사람은 얼굴 없는 천사다."라며
많은 이야기를 했습니다. 그러면서 아저씨는 "오늘 주사 다
맞고 병원 나가면 다시는 오지 마시오."라고 제 걱정까지 해

주셨습니다.

저도 의례적으로 어디가 아프신지 여쭤보았습니다.

"나는 고환에서 시작해서 암이 다 전이돼서 신장도 절제하고 온몸으로 퍼진 상태인 기라. 항암 치료도 고마 서른아홉 번을 받았어요. 이제 말기라고 봐야죠. 오늘도 영양제 맞으러 온 거예요."

순간 저는 시선을 어디로 둬야 할지 몰랐습니다. 다행히 그때 수련 의사들이 환자 몸에 삽입된 카테터(정기적으로 항암 치료를 받는 환자들을 위해 중심 정맥에 설치하는 통로)로 약물을 주입하는 걸 봐야 한다며 우르르 몰려와서 커튼을 치는 바람에 대화가 종료됐습니다.

커튼 안에서 의사들이 숙련된 간호사의 설명을 듣는 동안 제가 맞을 주사가 다 끝난 덕에 저는 부부에게 무슨 말을 하며 병실에서 나가야 할까 하는 고민을 덜고 집으로 향할 수 있었습니다.

또 한 번

쓰러지다

나를 무너뜨린 재발

복직을 2개월 정도 앞둔 2016년 12월 6일, 음식을 먹다 입속 피부를 잘못 씹으면서 생긴 피멍울이 잘 아물지 않아 병원에 연락을 했습니다. 의료진도 별건 아닌 것 같지만 한 번 진찰을 받아 보자고 했습니다. 일주일 전 11월 정기 검사에서 모든 혈액 수치가 정상이었기 때문에, 께름칙하긴 했어도 큰 걱정은 하지 않았습니다.

피검사를 한 후 진료실에 들어가자 주치의의 안색이 좋지 않았습니다. "혈소판 수치가 갑자기 너무 많이 떨어졌네요. 정밀 검사를 위해서 다시 골수 검사를 해 봐야겠습니다."라는 전혀 예상치 않았던 말을 했습니다.

'별일 아닐 거야.' 애써 자위하면서도 솟아오르는 불안감을 지울 순 없었습니다. 항상 보호자 없이 혼자 병원을 다녔기 때문에 골수 검사 후 대기할 병실로 옮길 휠체어를 제 손으로 직접 빌렸습니다. 인생에서 더 이상은 없길 바랐던 골수 검사를 또다시 받기 위해 휠체어에 실려 검사실로 옮겨졌습니다. 워낙 경황이 없어서인지 그 아픈 골수 검사가 어떻게 끝났는지도 몰랐습니다. 내가 왜 이 검사를 또 받아야 하는가 하는 황망함이 골수를 파고드는 날카로운 대바늘의 통증을 압도하더군요. 검사가 끝난 후 처음 백혈병을 진단받을 때처럼 응급실로 옮겨졌습니다. (골수 검사를 받으면 네 시간 동안 움직이지 말고 누워 있어야 합니다.)

응급실에서 하염없이 기다리다가 오후 5시가 다 되어서 주치의를 다시 만났습니다. 검사 결과 백혈병이 재발한 것으로 나왔고 경우에 따라 다시 골수 이식을 받아야 할지도 모른다는 향후 계획을 말하셨습니다. 불길한 예감이 현실이 된 그 순간 전 정말 맥이 풀렸습니다. 지난 1년 2개월의 노력이 수포로 돌아갔다고 공식 통보를 받은 셈이었기 때문입니다. 제 입에서 무슨 말이 나왔는지는 제대로 기억이 나지 않습니다. 다만 여태까지 그토록 온화하던 주치의가 "저는 환자가 그렇게 자신 없이 포기하는 태도를 보이는 걸 싫어합니다. 저는 절대로 환자를 먼저 포기하지 않습니다."라며 저를 꾸짖었던 장면만 선명합니다.

입원을 해야 했지만 병실이 나지 않아 좁은 응급실 침

대에서 하염없이 대기했습니다. 밤에도 불을 끌 수 없는 응급실 특성상 잠도 설칠 수밖에 없었습니다. 2만 분의 1이라는 기적적 확률로 생면부지의 기증자에게 골수 이식을 받고 6개월 만에 모든 혈액 수치가 정상을 회복해서 이번 병을 단순한 접촉사고 정도로 여기고 싶었는데 응급실에 다시 누워 있다니. 병실에 자리가 나지 않아서 사흘 동안 응급실에 누워 생각해 봤지만 이번에는 이 질긴 백혈병과 어떻게 싸워야 할지 생각이 나지 않았습니다.

　제가 백혈병 재발로 다시 입원한 2016년 12월은 저뿐만
아니라 대한민국에게도 격동의 시기였습니다. 병원 침대에
서 박근혜 전 대통령의 탄핵안이 국회에서 가결되는 걸 지
켜봤습니다. 이후 국정 농단 진상 규명 청문회를 텔레비전
으로 시청하고 신문과 방송 뉴스로 역사적 현장을 지켜봤습
니다. 기자가 아닌 환자로 말입니다. 청문회에서 어처구니
없는 대답을 하는 증인들을 보며 분노를 느끼기도 했고 학생
을 진정으로 위하는 이화여대 교수님의 증언을 들으며 큰 감
동에 젖기도 했습니다.

　영화보다 더 긴박한 정국을 지켜보면서 이렇게 취재할
거리가 많고 동료 기자들이 연일 충격적인 사실을 보도하는
상황에서 병실에 발이 묶여 있는 제 처지가 답답했습니다.
이런 갈증을 핑계 삼아 다른 층 병실 복도로 운동 범위를 넓

혔다가 체온이 급작스레 올라가기도 했습니다. 고열이 진정되지 않아서 정밀 검사를 해 봤더니 신종플루에 감염됐다고 합니다. 제 몸에 비상경보가 울린 셈입니다. 저처럼 면역세포를 만드는 골수가 제 기능을 못하는 백혈병 환자에게는 가벼운 감기도 치명적입니다. 면역 기능이 저하된 상황에서는 단순한 감기도 패혈증으로 발전할 수 있습니다.

백혈병 재발과 독감이 겹치면서 다음 날 새벽에는 체온이 40도 가까이까지 올라갔습니다. 체온은 급격히 올라가는데 몸은 얼음덩어리처럼 차가워서 벌벌 떠는 희한한 경험도 했습니다. 새벽에 간호사가 뜨거운 물을 건네 주었는데 횡설수설하며 종이컵을 제대로 들지 못했던 일도 어렴풋이 기억납니다.

이튿날 밤에도 고열로 눈을 떴는데 눈앞에 중년 여성이 보였습니다. 눈을 부릅뜨고 지켜보니 당시 행적이 묘연했던 최순실이었습니다. 저는 어떻게든 최순실을 붙잡아서 인터뷰를 해야겠다는 생각에 그쪽으로 몸을 기울였습니다. 그러다가 다시 정신을 잃었는데 당시 가위에 눌린 건지 아니면 소위 말하는 환영(幻影)이었는지 모르겠습니다. 지금은 취재에 욕심을 부릴 때가 아니라 몸 관리가 우선이라며 스스로를 달래 왔지만 현장에 가고 싶어 하는 무의식 속 직업의식은 이를 받아들이기 어려웠나 봅니다.

고열이 진정됐지만 본격적인 항암 치료는 시작할 수 없었습니다. 재발 이후 새롭게 시작할 항암 치료를 위해 해외에서 약이 와야 하는데 도착이 계획보다 계속 늦어지고 있었습니다. 약의 도착이 늦어질수록 이러다 몸 상태가 더 나빠지는 게 아닌가 싶어 조바심도 커졌습니다. 주치의는 해외에서 들여오는 약이라 서류 작업과 통관에 다소 시간이 걸리는 것 같다고 설명했습니다.

기다리다 보니 저처럼 응급 환자에게 필요한 약의 통관 법규에 문제가 있거나 관련 업무에 배정된 인원이 부족한 것은 아닌가 하는 생각이 들기 시작했습니다. 관련 법조문이 긴급한 환자의 사정을 배려하지 않거나 늘어나는 업무 수요에 비해 담당 인원이 너무 적은 것은 아닌지 말입니다.

만약 현행 법제도에 그런 결함이 있다면 이것은 단순히 저 개인의 문제가 아니라 다른 환자에게도 영향을 끼칠 수 있는 시스템의 문제일 수 있습니다.

그래서 암이 재발해 병상에 누워 있는 신분임을 망각하고 저는 기사 준비 작업에 들어갔습니다. 먼저 의사 출신 의학 전문 기자 선배에게 취지를 보고하고 기사로 낼 만한 내용인지 문의했습니다. 선배는 아프다는 놈이 뭔 기사를 쓰냐고 하면서도 일단 기사가 되기 위해 추가로 파악해야 할 내용을 알려 주었습니다. 이후 전 다시 기자로 돌아간 듯 통증도 잊고 자료를 공부하고 주치의에게 궁금증을 문의하면서 관련 사실을 취합해 나갔습니다. 무언가를 취재한다는 희열이 몸을 지배하던 고통을 잊게 해 주었습니다. 특히 이런 문제는 개인 질병과 관련되어 있어서 정보 획득과 사례 수집이 어려운데 제가 당사자이다 보니 만약 기삿거리가 된다면 오히려 저만 쓸 수 있는 독점 기사를 낼 수 있으리란 생각에 가슴이 뛰기까지 했습니다.

그러나 아쉽게도 제가 취재하려고 했던 내용은 기사 요건을 충족하지 못했습니다. 우리나라는 규정상 의료진이 수입을 신청한 신약이 환자에게 전달되는 시간이 대략 2~3주 정도인데 이웃 나라 일본은 3~4주나 소요된다고 합니다. 환자의 입장에서는 하루라도 빨리 약이 수입되면 좋겠지만 보건 당국에겐 그 약이 다른 국민의 안전을 해칠 가능성은 없는지를 면밀히 검증할 시간이 당연히 필요합니다. 특히 의약 선진국인 일본의 통관 기관이 우리나라보다 일주일 길게 설정되었다는 것은 우리나라의 수입 통관 기간이 합리적으로 설정되었음을 보여 주는 비교 지표입니다. 물론 사소한 부분을 지적할 순 있지만 기사를 내면서까지 새로운 내용이나 건설적 대안을 제시할 정도는 아니어서 기사 계획은 아쉽게도 중간에 불발됐습니다. 하지만 기사를 쓰겠다는 생각에 고통과 공포를 잊은 채 공부하고 취재에 매진했던 귀중한 시간이었습니다.

누구나 숙련된 의료진을 원하지만

　환자가 입원 중 가장 민감하게 반응하는 건 통증입니다. 어른 팔뚝만 한 바늘로 온몸을 몇 번 관통당하고 나면 고통도 익숙해진다는 말이 무색해집니다. 제가 지옥에서 벗어나 막 회복 국면에 들어섰을 때 1인 2조 실습생이 저를 상대했습니다. 수습으로 보이는 간호사가, 혈액을 채취하는 것보다 훨씬 쉬운 손가락 끝을 작은 바늘로 찔러 혈당을 재는 역할을 맡았습니다. 그런데 이 어린 간호사가 한 번 찔러 실패한 후 두 번째까지 실패하자 저도 모르게 입에서 "헉!" 하는 탄식이 나왔습니다. 결국 옆에 있던 숙련된 간호사가 구원투수로 등장해서 한 번에 끝냈습니다.

　숙련된 의료진을 원하고, 자신은 실습 대상이 되고 싶지 않은 마음은 세상 누구나 같은가 봅니다. 《뉴욕 타임스》

필진이자 미국 외과 의사인 아툴 가완디 역시 자신의 저서 『나는 고백한다 현대 의학을』(동녘사이언스, 2003)에서 "사람들은 실습 대상이 되는 것은 싫어하면서도 숙련된 의사를 원한다. 하지만 미래를 위해 누군가를 훈련시키지 않으면 피해는 모두의 몫이 된다."라고 지적하죠. 제가 막연하게 생각한 것을 의사답게 명쾌하게 정리했더군요.

다행히 아프기 직전에 이 책을 읽었던 탓에 이런 생각을 머릿속에 집어넣을 수 있었습니다. 그러나 실천이 문제였습니다. 결국 저는 그 간호사가 저에게 다시 왔을 때 "아까 혹시 화를 낸 것처럼 보였으면 미안합니다. 어제 열이 39도까지 올라 신경이 예민했나 봐요. 절대 원망하지 않고요. 다음에도 세 번까지는 괜찮습니다."라고 말했습니다. 그제야 얼었던 그 어린 간호사의 얼굴이 풀리더군요.

비록 운이 나빠 제가 요즘 계속 고초를 겪고 있지만 이 역시 민주주의의 일부분이 아닌가 생각합니다. 아툴 가완디는 이 부분을 "선택권을 모두에게 줄 수 없다면 아무에게도 안 주는 게 나을 수 있다."라는 말로 정리합니다. 최순실 같은 이에게만 숙련된 의료 인력이 선별적으로 지원되기보다 누구든 고통을 받을 확률은 같아야 한다는 거겠죠.

그러나 이는 쉽지 않은 문제입니다. 일반 환자는 이렇게 숙명을 받아들이지만 과연 의학계에서는 그럴까요? 의대 병원장 부인의 시술이나 수술을 과연 초보 전공의가 맡을 수 있을까요? 아툴 가완디 자신조차 심장에 기형이 있는 아들에게 초보가 아닌 전문의를 지정할 수밖에 없었다고 솔직히 고백하기도 합니다.

　40도에 육박하던 고열은 일단 진정됐지만 제 몸은 그야
말로 최악으로 치달았습니다. 이식받은 건강한 세포와 기존
제 몸속에서 항암 치료로 사라졌다 다시 부활한 암세포가
치열한 전쟁을 시작했기 때문입니다. 이식 직전 세 번의 집
중 항암 치료 기간 동안 큰 부작용이 없었던 행운은 다시 오
지 않았습니다. 본격적인 항암 치료를 시작하지도 않았는데
입안 전체와 혀가 수포로 뒤덮였습니다. 잇몸마저 내려앉으
면서 음식물을 먹는 것은 고사하고 물을 마실 때도 극심한
통증에 시달렸습니다. 여기에 신장 수치도 투석을 받아야
할 정도로 나빠졌습니다.

　가장 큰 문제는 입안의 통증 때문에 잠을 거의 이룰 수
없었다는 겁니다. 얼핏 잠이 들었다가도 입안 통증 때문에

30분에 한 번씩 깨면서 아침을 맞았습니다. 결국 전직 대통령이 사용했다는 리도카인이라는 국소마취제를 처방받았습니다. 잠을 자다 통증 때문에 깨면 국소마취제로 입안을 헹구고 마취제의 효력이 발휘되는 50분 정도 잠을 자다 통증이 심해지면 다시 일어나 마취를 하고 잠들기를 반복하면서 일주일 넘게 쪽잠을 잤습니다.

　수면 부족으로 인한 체력 저하로 입안은 계속 헐고 이 때문에 음식물을 제대로 못 먹으니 그만큼 몸의 회복이 지연되는 악순환이 계속됐습니다. 기초 체력이 회복되지 않으면 몸에 무리가 되는 항암 치료를 받을 수 없기 때문에 병세가 더욱 악화될 위험도 커졌습니다. 끝이 보이지 않는 고통의 굴레 속에서 투병 생활 이후 처음으로 죽음이 가까이에 있다는 구체적 공포를 느꼈습니다. 더 이상 내려갈 절망의 바닥이 없다는 생각이 들자 이상하게도 그동안 실종됐던 회복 의지가 돌아왔습니다. 두 딸에게 뭔가를 남겨 주고 싶다는 염원도 강력히 샘솟았습니다.

　그래서 다시 정신을 부여잡고 우선 일상의 루틴을 지키기로 마음먹었습니다. 몸이 잠깐 회복된 틈을 타 일주일 만에 샤워를 했습니다. 정상적인 식사 대신 죽을 받아서 냉장고에 넣어 차게 만든 후 통증을 참아 가며 목으로 삼켰습니다. 체온이 내려가자 마스크와 위생 장갑으로 무장을 하고 병원 복도를 열심히 돌아다녔습니다. 글 쓸 기력도 없어 손을 놓았던 투병 일기도 다시 펼쳤습니다. 딸에게 꼭 보여 주겠다는 다짐으로 생각을 가다듬고 당부의 글을 남겼습니다. 또 병원에서 환자들을 위해 기도해 주시는 분을 모셔서 성경책을 받아 난생처음 간곡한 기도도 했습니다.

그러자 놀랍게도 혈액 수치가 서서히 정상 곡선을 그리기 시작했습니다. 신장 투석을 고려해야 할 정도로 나빴던 신장 기능도 서서히 회복됐습니다. 본격적인 항암 치료를 시작하지도 않았는데 3000~4000에 불과하던 혈소판이 무려 11만으로 치솟았습니다.(정상인의 혈소판 수치는 15만~30만입니다.) 그리고 믿을 수 없는 회복세가 계속된 덕분에 1월 23일, 40여 일 만에 꿈같은 퇴원을 했습니다.

수차례의 항암 치료와 조혈 모세포 이식 수술을 다시 해야 할 것 같다던 초기 진단은, 굳이 재이식을 하지 않고 통원 항암 치료만 해도 충분하다는 진단으로 바뀌었습니다. 주치의도 "3년에 한 번 정도 볼 수 있는 드문 케이스"라며 놀라워했습니다.

이처럼 몸이 회복된 것이 저의 강력한 의지 때문인지, 아니면 하나님께 드렸던 간절한 기도 덕분인지는 모르겠습니다. 주치의도 제 몸의 자연 치유 능력 때문인지 새로 투입된 항암제의 영향이 컸는지는 판단하기 어렵다고 했습니다.

다만 저는 최악의 상황에서 한 줄기 빛을 발견했고 제가 할
수 있는 힘을 다해 그 빛을 부여잡아 절망의 구렁텅이에서
빠져나왔습니다.

내가 만난
최악의 의사

흔한 말로 서당 개 3년이면 풍월을 읊는다고 합니다. 도합 6개월 정도의 입원 기간과 3년 차 환자가 되다 보니 저도 나름 환자의 입장에서 의사를 판단하는 눈을 갖게 되었습니다. 본인이나 친지를 위해 의사를 선택해야 하는 분들을 위해 이 글을 씁니다.

흔히들 의사를 나누는 잘못된 이분법은, 수술은 잘하지만 환자에게 싸가지 없는 의사와 실력은 좀 떨어지지만 가슴이 따뜻한 의사입니다. 주로 드라마 「하얀 거탑」의 김명민과 이선균이라는 캐릭터로 대변되는 이른바 스테레오 타입인데 이는 현실에 적용되지 않는 것 같습니다. 결론부터 말씀드리면 환자의 마음을 이해하려고 노력하고 환자의 아픔을 공유하려 애쓰는 의사가 수술을 못하거나 전문 지식이 떨어질 가능성은 거의 없다는 겁니다. 그만큼 시간을 쪼개 공부를 더 하고 환자를 위해 해 줄 것을 찾는 의사의 실력이 떨어지기는 어렵습니다. 반면 환자의 안위보다 자신의 승진과 주목을 받는 데 힘쓰는 의사들이야말로 밤에는 윗선에 줄 대느라 최신 학회지도 못 보고 수술도 덜 해서 실력이 퇴보할 가능성이 훨씬 높지 않을까요?

특히 단기 질환이 아닌 장기 질환의 경우 환자와 의사의 신뢰, 이른바 라포(Rapport)라고 불리는 신뢰 관계가 아주 중요합니다. 라포란 '마음의 유대'란 뜻으로 서로의 마음이 연결된 상태를 말하며 라포가 형성되면 호감과 신뢰의 감정이 생기고 마음속의 깊은 사연까지 이야기할 수 있게 됩니다. 이 라포가 없다면 긴 치료 기간을 버텨 내기 힘듭니다. 귀가 얇은 환자는 "다른 병원에서 획기적인 치료법이 나왔다."라거나 "외국에는 더 좋은 의사가 있다."라는 말에 흔들리기 쉽습니다.

제 경험을 반추해 보면 처음 병을 확진했던 의사의 태도 역시 만족스럽지 못했습니다. 그 의사는 제 혈액 수치를 보고 하루빨리 항암 치료를 시작하라고 저와 가족을 상당히 압박했습니다. 그분의 판단도 옳은 측면이 있지만 환자와 가족에게 정확한 상태를 설명하고 최선의 치료 방법을 설명하려는 의지가 부족했죠. 제법 나이가 많은 의사이고 의도 자체는 선했기 때문에 그분을 원망하지는 않습니다.

하지만 이번 치료 과정에서 저는 최악의 의사, 정확히 전공의(3년 차 추정)를 만나게 됐습니다. 퇴원 직후 첫 통원 치료 과정에서 혈액 수치가 좋게 나오자 제 주치의는 당일에 골수 검사와 척수강 검사를 동시에 실시하는 모험을 감행했습니다. 처음에는 당혹스러웠지만 이번 검사를 받으면 2주간 병원에 올 필요가 없다는 말에 마음이 흔들렸습니다. 특히 가장 까다로운 척수강 검사를 혈액내과 전공의가 아니라 하루에도 몇 번씩 척수강 검사를 전문적으로 하는 신경외과에 의뢰해 놓은 데다, 골수 검사를 하는 전공의가 다음 주에 교체된다는 말을 듣고 두 번 고민 없이 하기로 했습니다. (골수 검사를 하는 전공의의 숙련도는 교체 직전이 가장 좋기 때문에 추후에 검사를 받는 분들은 이분이 언제 교체되어 왔는지를 확인하는 것도 꿀팁입니다.)

예상대로 골수 검사는 무난히 끝났습니다. 반면 척수강 검사에서 예상치 못한 참사가 발생했습니다. 아주 자신감 있게 들어온 고참 전공의는 첫 번째 척수강 검사부터 강력한 고통을 선사했고 척수 액이 잘 나오지 않자 마취도 할 수 없는 척수를 심하게 헤집었습니다. 고통을 참는 데 이골이 난 저도 참기 힘든 수준이었습니다. 직감적으로 실패를 예감한 저는 아주 공손하게 "선생님, 건방지게 들릴 수 있지만 두 번째에도 실패하면 이번에는 검사받지 못할 것 같습니다."라고 말했습니다. 실패할 경우 의사들은 자존심 때문에 세 번까지 시도하리란 것을 직감적으로 알았기 때문입니다. 제 슬픈 예감은 적중했고 두 번째 검사에서는 제 정신이 황폐해질 정도로 날카로운 바늘이 척수와 영혼까지 후벼 팠습니다. 문제는 그다음에 일어났습니다.

두 번의 채취 시도에 실패하자 그 전공의는 거칠게 장갑을 벗으며 간호사에게 "이 환자 손바뀜(의사를 바꾼다는 의사들의 용어인 듯합니다.) 할게요."라며 거칠게 병실을 나섰습니다. 그때는 고통으로 인해 다른 생각을 할 겨를이 없었지만 나중에 생각해 보니 상당히 불쾌했습니다. 저 역시 숙련된 의사 양성을 위해 환자의 희생이 필요하다는 점은 충분히 이해했지만 그 의사의 태도를 수용하기는 어려웠습니다. 최소한 "저는 안타깝게 실패했지만 신경외과의 최고 의사가 와서 다시 채취해 줄 것입니다.", "조금만 기다리시면 될 겁니다."라는 말 정도는 했어야 한다는 생각을 지울 수 없었습니다.(실제로 잠시 후 본인이 이 병원에서 최고라고 자부하는 고참이 오더니 1분 만에 척수강 검사를 끝냈습니다. 하지만 제 몸은 당황스럽게도 그 전공의가 채취를 시도하기 직전 사시나무처럼 떠는 예기반응(몸이 고통을 미리 인지하고 거부하는 조건반사)을 일으켰습니다.)

저는 이번 사건을 저 개인의 문제로 넘길 수 없었습니

다. 그 의사가 다른 환자에게도 똑같은 행동을 거리낌 없이 할 거라는 생각이 들었기 때문입니다. 그래서 주변에 있는 친한 의사의 조언을 들은 후 병동의 수간호사에게 면담을 요청했습니다. 전공의 상관 의사에게 이야기해 봐야 '팔이 안으로 굽는' 정서 때문에 쉽게 넘길 것이 분명했기 때문에 다른 직군인 수간호사에게 정식 클레임을 한 겁니다.

　제가 문제 제기를 하고 일주일이 지난 뒤 수간호사가 전화를 해 병동에서도 공식적인 논의가 있었고 신경외과에서도 제가 지적한 부분에 대해 담당 과장이 충분히 이해했다는 뜻을 전해 왔습니다. 저 역시 저를 담당한 그 전공의 개인에게 사과를 원하는 것이 절대 아니며, 다만 이런 생각을 하는 환자들이 있을 수 있다는 것을 환기해 주길 바란다고만 다시 한번 강조했습니다. 신경외과 담당 과장이 전화를 해 올 것이라는 말도 있었지만 끝내 전화는 오지 않았고 뜬금없이 저를 담당했던 혈액내과에서 죄송하다는 전화가 왔습니다. 아마 신경외과 교수님의 연차가 제 주치의보다 높아서 그 정도 선에서 마무리하는 것으로 정리된 것이 아닌가 추측해 봅니다. 더 이상 문제 제기를 하는 것이 큰 의미가 없어 보여서 수간호사에게 이 정도에서 제 클레임 사건을 종료했으면 한다는 뜻을 전달했지만 뒷맛은 개운치 않았습니다.

결론을 내린다면 의사를 선택할 때는 환자와 가족들에게 친절한 의사, 치료법을 강압적으로 강제하는 의사가 아닌, 시간이 걸리더라도 환자의 눈높이에서 충분히 설명해 주고 이해를 구하는 의료진을 선택하라고 조언하고 싶습니다.

내가 만난 최고의 의사

저에게는 담당 주치의가 최고의 의사입니다. 혹 제 담당 주치의라 객관성이 결여됐다거나 제가 만난 의사의 숫자가 많지 않은 것 아니냐고 생각하는 분도 있을지 모릅니다. 하지만 제가 이 글에서 전하고 싶은 것은 제가 만족한 저의 기준이니, 이 글을 읽으시는 분들은 이를 참고해 자신의 기준을 세우면 됩니다.

제가 저의 주치의를 최고의 의사로 뽑은 이유는 크게 세 가지입니다. 항상 더 나은 치료법이 없는지 연구하는 진취성과 환자의 요구를 적극적으로 수용하는 유연성, 환자의 눈높이에서 대화를 하려는 수용성을 모두 갖추었기 때문입니다.

저는 백혈병이 재발한 이후 기존의 항암 치료제 대신

외국 대형 회사가 만든 신약으로 치료를 받았습니다. 다른 의사였다면 기존의 공식대로 재발 환자에게 적용할 항암제를 쓸 확률이 높았겠지만 제 주치의는 약품 조달에 시간이 걸리더라도 신약을 쓰기로 했습니다. 해당 약은 최근 미국 학회지에서도 시험 대상 80퍼센트 이상의 환자에게 좋은 효과를 나타냈습니다. 다만 아직 상용화 전 단계이기 때문에 우리나라 식품의약안전처에서 희귀 의약품 허가를 낸 상태였음에도 외국 회사 본사와 접촉하는 지난한 서류 업무가 필요했습니다. 하지만 저처럼 기본 체력이 받쳐 주는 환자에게는 기존의 고용량 항암제보다 특정 암세포만 공격하는 표적 항암 치료제가 더 좋을 것이라는 판단을 주치의가 한 것으로 보입니다. 의사가 평소에 해외 학술지를 꾸준히 공부하지 않았다면 이런 내용은 정보조차 얻을 수 없었을 겁니다. 또 기존 방식대로 혈액 내 칼륨 수치가 안 좋으면 신장 투석을 하고 스테로이드와 고용량 항암제를 들이부어서 일단 사태를 호전시키고자 하는 유혹을 떨치기도 쉽지 않았을 겁니다. 쉬운 길을 마다하고 환자에게 가장 적합한 치료법을 찾으려고 노력한 주치의의 진취성 덕분에 저는 1년간 고이 길러 온 머리카락도 지키고 몸에 무리가 덜 가는 상황에서 통원 치료를 받을 수 있었습니다.

다음은 규칙을 탄력적으로 적용하는 유연성입니다. 항

암제를 한 시간 동안 주사받고 나면 이후 세 시간 동안은 이른바 모니터라고 불리는 바이탈 체크 기계를 몸에 부착해야 합니다. 가슴에 패치를 붙여서 심전도를 체크하고 팔에는 압박붕대를 채워 30분마다 자동으로 혈압을 체크합니다. 또 손가락 하나에는 밴드를 친친 감아 시간마다 산소 포화도를 측정하는데 세 시간 동안 이걸 달고 있으려면 여간 불편한 게 아닙니다. 저는 두 번 정도 주사를 맞은 후 혈압과 심전도에 큰 이상이 없자 이 모니터를 떼고 싶다고 이야기했습니다. 제 주치의는 흔쾌히 그 요구를 받아들였습니다. 퇴원 날짜도 환자가 원하는 날에 할 수 있도록 최대한 배려를 해 줬습니다.

환자가 가장 기다리는 회진 시간은 제 주치의의 수용성이 빛나는 순간입니다. 저는 회진 시간이 되면 그때까지의 제 증상을 브리핑한 후 제가 궁금한 것 서너 가지를 물어보는 패턴을 유지했습니다. 기초적인 질문부터 나름대로 전문적인 내용까지 망라되지만 제 주치의는 항상 제 질문에 성실하게 답변해 주었습니다. 이렇게 오랜 시간 제가 질문을 해도 되느냐고 물어볼 정도였습니다. 덕분에 대학 강의를 듣고 있는 게 아닌가 하는 착각이 들 때도 있었습니다.

이 세 가지가 제 주치의를 제가 만난 최고의 의사로 꼽는 이유입니다. 제 기준이 모든 환자에게 적용되지는 않을 겁니다. 환자마다 자신의 주치의에게 바라는 조건과 기준은 다를 수 있습니다.

하지만 글을 마무리하기 전에 당부하고 싶은 말은 최고의 의사를 만나려면 본인도 최고의 환자가 되어야 한다는 겁니다. 환자가 자신의 질병을 공부하고 궁금증을 적극적으로 담당 의사에게 묻고 그것을 해결하는 과정에서 환자와 의사는 신뢰 관계를 형성하게 됩니다. 이러한 믿음을 바탕으로 환자가 긍정적 의지를 품고 담당 의사의 치료법을 따를 때 치료 효과도 가장 좋을 겁니다. 환자와 의사의 신뢰라는 핵심 전제가 빠진다면 세계 최고 클리닉의 의사가 와도 효과적인 치료는 기대하기 어렵지 않을까요?

중동의 의료 복지와 가족 공동체

　병원에 있다 보면 우리나라가 의료 강국이라는 사실을 몸으로 체험하게 됩니다. 병실이나 각종 검사실에서 미국인을 비롯해 러시아, 동아시아 등 다양한 국적의 환자들을 심심치 않게 볼 수 있습니다. 그중 가장 부러움을 사는 건 바로 중동 사람들입니다. 중동 사람들은 거의 예외 없이 특실을 씁니다.(특실이 없을 경우 잠시 1인실을 쓰다가 특실에 자리가 나면 옮깁니다.) 병원마다 다르겠지만 특실 하루 이용료는 200만 원을 넘기도 합니다. 간호사들에게 국가에서 전부 지원을 받는다는 말을 들었지만 언젠가 반드시 확인하겠다는 기자로서의 호기심을 갖고 있었습니다.

　그러던 어느 날 이 궁금증을 해결할 기회가 생겼습니다. 특실을 쓰는 중동인 환자 보호자와 이야기를 나누게 된 겁니다. 이 친구는 아랍 에미리트(UAE) 출신 공무원으로 저보다 나이는 훨씬 많았지만 영어가 능숙했습니다. 제가 환자복을 입고 있는 데다 백혈병 재발 이후 어려운 고비를 넘기며 처음으로 신을 믿게 됐다고 말을 건네자 저를 격려하면서 격의 없이 많은 이야기를 들려주었습니다.

중동인 친구의 말에 따르면 아랍 에미리트의 국민들은 세계 유수의 병원에 가서 치료받을 수 있는 권리가 있다고 합니다. 대신 아무 병원이나 선택하는 것이 아니라 우리나라의 보건복지부 같은 정부 기관이 질병에 따라 나라와 병원을 지정해 준다고 합니다. 아랍 에미리트 국민 역시 미국 병원을 가장 선호하지만 최근 트럼프 대통령이 취임한 이후 각종 비자 문제가 불거지면서 한국이 각광을 받는다고 알려줬습니다. 특히 아랍 에미리트는 대한민국이 원자력 발전소 건설을 계기로 의료 협정을 맺으면서 많은 환자들이 한국에 온다고 합니다. 부럽게도 치료비는 국가에서 전액 부담한다고 하네요.

중동인 친구와 이야기를 하면서 가장 놀란 것은 환자와 보호자의 관계였습니다. 관계가 어떻게 되느냐고 묻자 환자가 그의 외삼촌이라고 답했습니다. 결혼 안 한 외삼촌이 아파서 한국 병원에 온 것이고 그의 직장에서 병간호를 잘하라며 3개월간의 유급 간병 휴가를 줬다고 합니다. 휴가가 끝나 자신이 본국으로 돌아가면 동생이 그의 뒤를 이어 삼촌을 돌볼 것이라고 했습니다. 어떻게 아버지도 아닌 외삼촌을 이처럼 극진하게 돌보느냐고 묻자 그것이 이슬람의 율법이자 아랍 에미리트의 전통이라고 했습니다.

그러면서 이 친구는, 왜 한국의 보호자나 환자는 모두 스마트폰만 쳐다보고 서로 이야기를 안 하느냐고 물었습니다. 저 역시 뜨끔했습니다. 가끔 부모님이 오셨을 때도 살가운 대화를 나눴던 기억이 없었기 때문입니다. 그 말을 듣고 문이 열린 병실이나 운동하는 환자들을 살펴보니 가족으로 보이는 간병인이 있었지만 대부분 텔레비전이나 스마트폰에 집중하고 있었습니다.

중동 국가에서도 신세대들은 일탈도 하고 오랜 전통 생활 습관을 벗어나려고 할 겁니다. 그리고 제가 만난 이 보호자가 중동 전체의 문화와 분위기를 대변한다고 할 수도 없겠죠. 그러나 최근 부양 의무를 놓고 자식과 소송을 벌이는 사례가 심심치 않게 보도되는 한국에서 공동체 전통을 지키려고 노력하는 아랍 에미리트 사람을 보면서 내심 부럽기도 했습니다. 저는, 한국도 과거에는 가족과 친족과의 관계가 끈끈했지만 최근 들어 공동체 문화가 많이 사라지고 있다고 답했습니다. 그리고 "애초에도 이슬람 문화에 대해 편견은 없었지만 당신의 말을 듣고 존중할 이유가 더 생긴 것 같다."라고 말해 줬습니다.

퇴원하기 직전까지 이 중동인 친구와 많은 이야기를 나누었습니다. 병원에서 고용한 아랍인 전문 통역사가 도착하기 전에는 제가 간단한 내용을 영어로 통역하기도 했고요. 이 친구는 제가 이슬람교에 귀의하기를 바라는 눈치를 적극적으로 내비쳤습니다. what's app 메신저로 연락처를 교환한 이후 이슬람교로 개종한 미국 시민들, 호주에서 일어나고 있는 이슬람 열풍 등 각종 서구 매체의 이슬람 관련 뉴스 클립을 자주 보내 왔습니다. 한 명의 신자를 이슬람교에 귀의시키면 그 사람은 천국에 간다는 말도 했습니다. 저도 순간이 친구가 부탁도 하고 기독교와 이슬람교를 동시에 믿으며 기도하면 병도 빨리 낫지 않을까 하는 생각이 들었지만 도리가 아닌 것 같아 입장을 분명히 하기로 했습니다. 그래서 "당신은 이미 내가 이슬람교에 호의를 갖도록 했기 때문에 천국 입구까지 갔다. 나머지는 알라에게 맡기자."라고 답했습니다. 그 이후 다행히 관련 뉴스를 보내는 빈도가 줄었습니다. 제가 건강을 회복해서 두바이로 놀러 올 기회가 생기면 꼭 연락하라는 당부도 받았는데 그날이 언제 올지 모르겠습니다.

나이의 무게 그리고
헬로 할머니

병이 재발해 입원했을 때 전 주로 새벽에 운동을 했습니다. 피검사를 마치면 새벽 4시 30분. 일어난 김에 다시 잠을 자기보다 간단한 세수와 스트레칭을 하고 몸에 항상 투입되는 각종 약병을 바퀴 달린 막대에 매달고 병실 복도를 힘차게 돌기 시작합니다. 아침 식사 시간이 가까워지면 운동하는 사람이 늘어나 복도가 비좁아지기도 했고, 식전에 입맛도 돌게 할 겸 새벽 운동하는 것을 좋아했습니다. 침대에 누워 있으면 근육이 하염없이 빠져나가기 때문에 어떻게든 운동을 해야 했습니다.

이 시간에는 운동을 하는 젊은 사람을 찾기 어렵고 가끔 나이 드신 할아버지와 할머니를 복도에서 마주치게 됩니다. 전 암병동에 머물고 있었는데 항암 치료에 지친 환자들이라 대개는 서로 말을 섞지 않습니다. 그러던 어느 날 아침 운동을 하던 중 비교적 정정해 보이는 70대 초반의 할머니가 제게 말을 걸어왔습니다.

"젊어 보이는데 어디가 아파서 온 거요?"

"예, 백혈병이라는 혈액암 때문에 입원했습니다. 이식까지 잘 받고 재활을 하는 도중에 갑자기 재발을 해서요."

"아, 그렇구먼. 우리 조카며느리도 이식 받은 다음 재발했지만 치료 잘 받아서 지금은 아주 건강하다오."

"그렇군요. 감사합니다. 어머님은 어떻게 오셨어요?"

"정기 검진에서 대장에 있는 조그마한 암이 발견됐어요. 몇 번 항암제만 맞으면 된다고 하네. 한 사흘 입원했다가 퇴원하고 2~3주 있다가 다시 올 거요."

"네, 조기에 발견해서 다행이시네요."

재발이라는 악재에 지쳐 있던 저에게 할머니 조카며느리의 회복 사례는 큰 힘이 됐습니다. 기분이 좋아진 할머니와 이런저런 이야기를 이어 갔습니다. 할머니가 제일 먼저 꺼낸 주제는 자식 자랑이었습니다. 독일 유학을 마치고 국내 유명 사립대학 교수가 된 첫째, 싱가포르로 이민 가 있는 둘째 아들 자랑이 쏟아졌습니다. 평소라면 어떻게든 이 자리를 피하고 싶어 몸부림쳤겠지만 시간이 많은 저는 웃으며 할머니 말씀을 경청했습니다.

할머니는 학구열도 대단했습니다. 자녀를 다 출가시킨 후 사교댄스를 배워서 해외 공연도 했다고 합니다. 특히 오늘이 동네에서 배우기로 한 일본어 초급 강좌 첫날인데 이 주사 때문에 못 가게 되어 못내 안타깝다고 했습니다.

"왜 이렇게 늦은 나이에 열심히 배우세요?" 저의 우둔한 질문에 "한창 공부하고 싶을 때 공부를 못해서…… 우리 때는 부모님이 딸들한테 공부를 안 시켜 줬거든." 현명한 대답이 돌아왔습니다. 할머니와 대화를 마친 후 제 병실로 돌아오면서 전 저 나이 때 젊은이들에게 어떤 삶을 사는 사람으로 비칠지 고민하게 됐습니다.

할머니는 영어 공부도 열심히 하고 계셨나 봅니다. 새벽에 피검사를 할 때마다 간단하지만 다양한 영어로 인사를 해서 간호사들 사이에서는 '헬로 할머니'라고 불린다고 합니다.

　　2015년 10월, 간단한 검진을 받으러 병원에 갔다가 급
성 백혈병으로 긴급 입원한 것이 백혈병과의 첫 대면이었습
니다. 워낙 급작스럽게 응급실에서 무균실로 이동하다 보니
신을 원망할 겨를도 없었습니다. 매사에 긍정적인 마인드
로 임하고 비교적 철저하게 건강을 관리해 왔다고 자신했던
저에게 왜 이런 시련이 왔는지 어리둥절할 따름이었습니다.
거기에 고맙게도 입원한 지 한 달 만에 조혈 모세포 이식 스
케줄이 잡혔다는 소식에 뒤를 돌아볼 여유가 없었습니다.
무탈하게 세 차례의 항암 치료를 받아서 일단 몸에 있는 암
세포를 없애고 깨끗한 몸으로 2만 분의 1의 확률이라는 무
연고 기증자의 조혈 모세포를 이식받아야 한다는 일념이 그
날 이후 상황을 지배했습니다.

친동생의 유전자 일치도가 25퍼센트에 불과해 좌절했을 때 생면부지의 기증자를 찾고 이식까지 받았다는 것에 전 신께 감사했습니다. 2016년 2월 이식을 받은 이후에는 '나누고 베푸는 삶을 살자.', '새로 태어난 기분으로 더욱 선한 삶을 살자.'라고 스스로 다짐도 했습니다. 실제로 제가 받은 헌혈증을 더 필요한 분에게 기증하고 기부도 더 많이 하며 다짐을 실천하기 위해 노력했습니다.

이런 제 믿음은 2016년 12월 6일 철저하게 무너졌습니다. 회사 복직을 한 달 앞둔 시점에 재발이라는 최악의 사태가 발생했기 때문입니다. 프로야구에 비유하자면 1군에서 펄펄 날아다니며 승리를 따 냈던 선발투수가 불의의 부상으로 수술을 하고 1년의 재활을 무사히 끝낸 뒤에 시즌을 기다리다가, 개막을 한 달 앞두고 수술한 곳을 다시 다쳐서 최소 1년이 소요되는 재활에 들어가야 하는 상황과 비슷했습니다. 입원할 병실이 나지 않아 사흘간 아수라장이 펼쳐지는 응급실에서 대기하는 동안 오만 생각이 들었지만 그중 제 머릿속을 떠나지 않았던 것은 도대체 왜 신께서 가혹한 시련을 또 주셨냐는 것이었습니다. 어떤 반성이 부족했고 무엇을 잘못했기에 한 번도 아닌 두 번의 절대적 고통을 내리는 것인지 도통 해답을 찾을 수 없었습니다.

다행히 힘든 시기를 잘 넘기고 몸이 서서히 회복되자

전 다시 왜 신이 이런 시련을 주셨는지 이유를 찾기 시작했습니다. 제가 찾았거나 혹은 신께서 주신 답은 만약 2017년 1월에 복귀했다면 그동안의 공백을 만회하겠다는 마음이 앞서 결국 몸이 나빠졌을 가능성이 크니 이를 막으려고 호된 교훈을 주셨다는 것입니다. 그리고 그동안 저 자신과 가족의 안녕만을 위해 살아오지 않았는지 스스로에게 묻게 됐습니다. 이 두 가지 성찰을 실천하기 위해 우선 혼자서라도 매일 기도를 하며 오늘 하루에 감사하고 있습니다. 병이 제게 준 사색과 경험은 오롯이 제 것만이 아니라는 생각에 이 책의 인세 100퍼센트를 한국백혈병어린이재단에 기부하기로 마음먹었습니다.

　　병실에서 시간은 참 더디 갑니다. 복직을 코앞에 두고 백혈병이 재발해 2016년 12월부터 2017년 1월까지 입원해 있는 동안 무료함을 덜어 준 건 tvn 드라마 「도깨비」였습니다. 도깨비가 방송되는 금요일과 토요일 저녁 8시가 되면 평소에는 운동하는 환자로 붐비던 병원 복도가 한산해졌습니다. 간호사들도 어떻게든 스포일러를 안 보고 집에 가서 제대로 보겠다는 결연한 의지로 근무를 하는 것처럼 느껴졌습니다.

　　그런데 이 재미있는 「도깨비」를 보다가 전 가끔 턱턱 걸리는 부분이 생겼습니다. 바로 드라마에서 저승사자와 죽음이 묘사될 때입니다. 제가 병실이 아니라 집에서 드라마를 봤다면 죽음은 아무 문제가 아니었을 겁니다. 오히려 주인공의 애절한 사랑과 상황을 극대화하는 효과적 도구로 받아들였겠죠. 하지만 제 바로 옆 병실에서 실제로 사망한 환자가 실려 나가고 오열하는 가족을 본다는 것, 또 제가 아무리 마음에서 지우려 해도 저 역시 암환자라는 사실은 죽음이라는 장면과 맥락을 본능적으로 거부하게 만들었습니다.

이런 본능적인 죽음 회피 기질은 독서에도 이어졌습니다. 일본 작가 사노 요코의 『사는 게 뭐라고』(마음산책, 2017)를 읽으면서 유쾌한 문체와 독설에 즐거워하다가도 작가의 죽음을 언급한 마지막 서평을 읽고 나서는 기분이 급격하게 우울해졌습니다. 자신의 암을 아무렇지 않게 무시했던 사노 요코 역시 책의 말미에서 이렇게 말합니다. "나 자신이 죽는 건 아무렇지도 않지만 내가 좋아하는 가까운 친구는 절대 죽지 않았으면 좋겠다. 죽음은 내가 아닌 다른 이들에게 찾아올 때 의미가 있다." 직접적으로 책에 언급하지 않았지만 사노 요코도 결국 죽음이 두려웠던 것 같습니다.

제가 아무리 부정하려 해도 죽음은 우리와 함께 살고 있었습니다. 건강할 때 죽음은 지금 생각할 필요 없이 일단 개학 직전까지 미뤄 둔 방학 숙제였습니다. 하지만 투병 이후 죽음은 생각은커녕 그림자도 밟기 싫은 두려운 존재로 바뀌었습니다. 그러나 이제는 죽음이 우리가 숨을 쉬는 공기처럼 당연한 것이고 제가 무의식적으로 외면해 왔다고 생각하게 됐습니다. 인생에서 피해 갈 수 없는, 죽음이라는 극적인 요소를 창작자가 일부 환자를 위해 포기할 이유가 없다는 점도 자연스럽게 수용하게 됐고요.

　　물론 죽음의 일상성을 받아들였다고 해서 이 친구를 직접 보고 싶은 건 절대 아닙니다. 최소 50년 정도는 지난 뒤에 만나고 싶습니다. 다만 이제는 저의 특수한 상황 때문에 과민 반응을 하기보다, 생(生)을 더욱 값지고 즐겁게 살아가게 하는 건전한 자극제로 받아들이려고 합니다.

죽음은 두렵다 2
— 공포를 이겨 내고자 자동차를 구입하다

작가: "몇 년이나 남았나요?

의사: "호스피스에 들어가면 2년 정도일 것 같아요."

작가: "알겠어요, 항암제는 주시지 말고 목숨을 늘리지도 말아 주세요. 되도록 일상생활을 할 수 있게 해 주세요."

의사와 대화 후 재규어 대리점에 가서 "저거 주세요." 하고 잉글리시 그린 색깔의 차를 주문했다

— 사노 요코, 『사는 게 뭐라고』

사노 요코는 자신의 삶이 얼마 남지 않은 것을 깨닫고 재규어 대리점에 가서 근사한 외제차를 삽니다. 사노 요코를 포함해 삶이 얼마 남지 않은 사람, 영화나 소설에서 기대치 않았던 대박을 맞은 사람은 대부분 차를 사는 것 같습

니다. 평소에는 절대 꿈꿀 수 없던 일탈을 생의 마지막 혹은 놓치기 싫은 순간에 하는 거겠죠.

저 역시 입원하면서 정말 힘든 기간을 보내고 난 후 가치관에 큰 변화가 생겼습니다. 한마디로 정리하면 '미래를 위해 현재를 무작정 희생하지 말자'라는 추상적 구호를 일상생활에 이식하기로 한 겁니다. 아마 재발이 없었더라면 일상이라는 정교한 망각제에 빠져 여전히 같은 생활을 했을 것 같습니다. 충실한 가장, 성실한 기자이자 조직원, 내 집 마련을 목표로 한 알뜰한 소비 등등 사회가 요구하는 모범적 모델을 벗어나기 어려웠겠죠.

하지만 죽음이라는 실체를 귀퉁이에서나마 목격한 이후 진짜 '인생은 단 한 번 사는 것'이라는 말의 무게가 새롭게 다가왔습니다. 다만 어려서부터 몸에 박힌 근검절약 정신과 작은 배포 때문에 영화 주인공처럼 근사한 외제차는 사지 못했지만요. 대신 국산 소형차를 입원 중에 과감하게 주문했습니다. 병실에서 인터넷으로 해당 회사 5년 연속 판매왕 전화번호를 검색한 후 "차 색깔, 옵션 관계 없고요. 가장 빨리 출고할 수 있는 모델로 계약서 작성해서 ○○병원 ○○층으로 와 주세요."라고 말이죠. 전화한 지 두 시간 만에 판매왕 세일즈맨이 가져온 계약서에 서명하고 계약금도 입금했습니다. 며칠 뒤에 출고된 자동차를 병원 지하에 주

차시켜 놓고 이 차를 타고 곧 퇴원할 것이라고 자기최면을 걸었죠. 또 퇴원 직후 남자들의 로망이자 꿈, 나만의 극장을 실현하려고 6개월 무이자로 30만 원대 빔 프로젝터도 구매 했습니다. 깐깐한 아내도 잔소리를 안 하는 암묵적 용인으로 제 행동을 사후 승인해 줬습니다.

소형 자동차 구입은 매우 만족스러운 결정이었습니다. 정기적으로 병원에 갈 때 제 차를 몰고 가면 이제 아내가 택시 대신 10년 된 가족용 차로 첫째 딸을 어린이집에 등원시킬 수 있습니다. 대신 나만의 극장은 아직 활용도가 적습니다. 집에 와서 첫째, 둘째 돌보고 목욕시키면 금세 잘 시간이라 영화를 보기는 어렵더군요.

곰곰이 생각해 보니 이 행복감은 돈을 주고 구입한 물질이 주는 것 같지는 않았습니다. 저를 진짜로 행복하게 한 건 그동안 맘속에 품었지만 이 걱정, 저 걱정에 하지 못했던 걸 했다는 심리적 포만감이라는 생각이 들었습니다.

제가 걱정되는 것은 일상이라는 강력한 자석이 제 인생 궤도를 다시 원점으로 돌려 버리는 것입니다. 아마 회사에 복귀해서 일에 파묻히면 언제 아팠냐는 듯이 기사 마감에 매진하고 지금 했던 생각들을 잊어버리지 않을까 겁이 납니다. 예전에 제 인생의 좌우명이 뭐였는지를 떠올려 봤습니다. "죽음을 앞두고 인생을 돌아봤을 때 해 보고 싶은 것 다하고 살았네. 난 그렇게 말할 수 있으면 만족한다."라고 호기롭게 말하던 20대 때의 모습이 떠오르더군요. 그동안 자신감 가득했던 이 청년의 모습을 잊어버리고 살았습니다. 앞으로 선택의 순간이 온다면 10년 뒤의 보상, 타인의 인정보다 진정 제가 행복할 수 있는지를 최우선으로 고려하려고 합니다. 제가 행복해야 아내를 더 사랑하고 제 딸들에게 좋은 아빠가 될 수 있기 때문입니다.

죽음은 두렵다 3
— 어떻게 죽을 것인가?

세상을 살아가는 모든 존재는 반강제적으로 미래를 위한 준비에 돌입합니다. 아이는 성장과 진학을 하며 청년이 될 준비를 합니다. 청년은 자신의 꿈과 취업에 매진하겠죠. 성인이 되고 아이를 키우게 되면 가족의 안녕과 은퇴를 대비할 겁니다. 이처럼 자신의 위치에서 표지판만 보고 달려가느라 우리는 죽음이라는 종점이 있다는 걸 깜빡 잊곤 합니다. 특히 죽음은 그 누구도 준비되지 않은 상황에서 마주치게 된다는 게 가장 큰 특징입니다.

죽음을 직접 체험할 수 없기에 책, 영화, 연극 등 각종 예술 장치로 간접 체험을 합니다. 하지만 진솔한 체험과 극한의 사색이 없다면 '죽음'이란 단어의 무게감조차 느끼기 어렵습니다. 예술 작품이 선사한 죽음의 무게는 일상이라는 원심력에 쉽게 잠식되기 때문입니다. 이처럼 준비 없이 있다가 자신 혹은 배우자, 부모님이 죽음의 길로 들어서면 우리는 난감한 선택지와 마주하게 됩니다. 사랑하는 사람에게 생명 보조 장치를 달고 기약 없는 연명 치료를 해야 하는지, 아니면 다른 선택을 해야 하는지 말이죠.

저는 입원해 있는 동안 미국 의사 두 명의 책을 읽고 조금이나마 해답을 찾았습니다. 아툴 가완디의 『어떻게 죽을 것인가』와 폴 칼라니티의 『숨결이 바람 될 때』라는 책입니다. 두 사람 다 미국 유수의 대학에서 의사로 근무하고 있고 한 명은 아버지의 죽음을, 다른 한 명은 자신의 죽음을 맞이했습니다.

우선 아툴 가완디는 철저한 데이터를 보여 줍니다. 초기 치매 또는 시한부를 선고받은 환자들이 최고 시설의 의료 요양 타운에 입주하는 경우와 호스피스 서비스를 받는 경우를 비교합니다. 가완디는 자신의 아버지를 포함해 호스피스 서비스를 받은 환자들이 가족과 따뜻한 관계를 유지하는 가운데 편안한 마지막 시간을 보냈다고 분석합니다. 실제로 가완디 본인의 아버지 역시 말기 암을 선고받았지만 호스피스 서비스로 당초 예상했던 시간보다 오래 살았습니다. 물론 반대의 경우도 있을 테지만 최소한 환자 자신의 의사 결정권과 가족이 죽음을 받아들이는 시간이 확보됐습니다.

『숨결이 바람 될 때』의 저자 폴 칼라니티의 삶은 더욱 극적입니다. 30대 중반 미국 최고 대학의 신경외과 의사로서 커리어를 꽃피우기 직전 말기 폐암을 선고받습니다. 그 역시 죽음을 차분하게 응시했습니다. 특히 그는 최후의 순간에 인공호흡기에 의지하는 소생 치료 거부 의사(Do Not Resuscitate, DNR)를 밝히고 사랑하는 아내의 품에서 잠듭니다.

너무나 당연한 말이지만, 잘 죽기 위해서는 잘 살아야 합니다. 그러면서 최소한 자신이 어떤 죽음을 선택할지 미리 그려 봐야 합니다. 우리나라는 연명 치료 논의 자체가 금기시되다 보니 어떻게 죽음을 맞아야 하는가 하는, 이른바 '죽음의 질'에 대한 논의가 부족합니다. 2017년 11월 10일 《동아일보》 기사는 영국 《이코노미스트》가 평가한 한국의 '죽음의 질'이 조사 대상 40개 국 가운데 32위에 해당한다고 보도했습니다. 게다가 우리나라에서도 2018년 2월부터 환자가 심폐 소생술, 혈액투석, 항암제 투여, 인공호흡기 착용 등 연명 의료 조치를 법적으로 거부할 수 있는 연명의료결정법이 시행됐습니다. '어떻게 죽을 것인가'라는 문제를 더 이상 외면할 수 없게 된 겁니다.

우선 외람되지 않는다면 부모님께 어떤 방식의 치료를 원하시는지 건강할 때 미리 충분한 시간을 갖고 여쭤보는 것도 좋을 것 같습니다. 또 본인도 결정의 순간이 온다면 어떻게 할 것인지 스스로에게 물어봐야겠죠. 다만 경제적 이유나 의식이 없는 환자의 의사에 반해 치료를 중단하는 사태가 없도록, 세심한 주의와 제도적 보완도 뒤따라야 합니다. 그리고 지금이라도 사랑하는 가족에게 사랑을 담은 편지를 써 두는 것도 좋은 위안이 될 것 같습니다. 마지막으로 폴 칼라니티가 딸에게 남기는 한 구절을 담아 봅니다.

"네가 죽어 가는 아빠의 나날을 충만한 기쁨으로 채워 줬단다. 아빠가 평생 느껴 보지 못한 기쁨이었고 그로 인해 아빠는 이제 더 많은 것을 바라지 않고 만족하며 편히 쉴 수 있게 되었단다. 지금 이 순간, 그건 내게 정말로 엄청난 일이란다."

다섯 살 딸의
완전범죄에 동원되다

　　병원에서 일시 퇴원해서 몸을 만들면서 저는 가족과 많은 시간을 보내려고 노력하고 있습니다. 그중 하나가 바로 첫째 딸의 어린이집 등하원을 엄마와 나눠서 하는 겁니다. 등원을 엄마와 했다면 하원은 아빠와, 등원을 아빠와 했다면 하원은 엄마와 하는 거죠. 사건은 어제 어린이집 하원 시간에 발생했습니다.

　　딸: "아빠, 나 배고파."

　　나: "아, 오늘은 아빠 차에 간식이 없네."

　　딸: "괜찮아, 집에 가면서 가게에 들르면 되니까."

　　나: "뭐 먹고 싶은데? 집에 가서 먹으면 안 될까?"

　　딸: (단호한 목소리) "안 돼. 난 핫도그가 먹고 싶어."

저는 난감해졌습니다. 저 핫도그는 제가 지난해 여름에 한 번 사줬다가 애 엄마가 절대 사 주지 말라고 했던 메뉴였기 때문입니다.

나: "엄마는 눈치도 진짜 빠르고 그거 먹지 말라고 했는데?"

딸: "엄마한테 이야기 안 하면 되지. 난 떡꼬치 어묵 먹은 걸로 할 거야."

나: "엄마한테 들킬 거 같은데. 딴 거 먹으면 안 될까?"

딸: "아니야. 아빠만 말 안 하면 돼."

병원에 오래 머물러 미안함이 컸던 저는 결국 딸의 손을 잡고 핫도그 가게에 가서 딸이 원하는 메뉴를 주문했습니다. 딸은 속 타는 아빠의 마음은 안중에도 없다는 듯이 핫도그 튀김을 먼저 먹은 후 나중에 소시지를 공략하는 방법으로 아주 야무지게 하나를 다 먹었습니다. 핫도그를 다 먹고 차에 올라탄 딸이 한마디 합니다.

딸: "아빠, 휴지 좀 줘 봐. 혹시 입에 튀김 가루 묻었어?"

나: "아니, 아까 아빠가 닦아 줘서 지금은 없어."

딸: "그럼 됐어. 아빠는 엄마한테 절대 이야기하지 마."

나: "……."

딸: "내일도 핫도그 먹어야지."

나: "혜린아, 그건 좀……."

딸: (들은 척도 하지 않으며) "아빠 공룡 노래 좀 틀어 줘."

저는 공룡 노래를 틀었고 딸아이는 집에 와서 아주 자연스럽게 행동하며 뭘 먹었냐는 엄마의 질문에 태연스럽게 떡꼬치 어묵을 먹었다고 말했습니다. 마음을 졸인 사람은 저 혼자뿐, 아이는 아주 편안해 보였습니다. 다섯 살에 이 정도면 더 커서는 얼마나 큰 비밀을 요구할지 덜컥 겁이 나는 하루였습니다.

한쪽 다리 없는 사막여우 단상

　재발 이후 퇴원한 지 석 달째, 혈액 수치가 정상은 아니지만 집 안에만 계속 있는 게 싫어서 조금 무리해서 가까운 근교로 외출을 했습니다. 이번 주말에는 동물에게 먹이를 줄 수 있는 소규모 카페를 찾았습니다. 한창 각종 동물과 공룡에 빠져 있는 첫째 딸을 위한 맞춤 일정이었습니다. 다섯 살인 첫째는 먹이 주기 체험을 하며 즐거움을 만끽했지만 두 살인 둘째는 동물들이 무서워서인지 엄마 품을 떠나지 못하더군요.

　성인 입장료 1만 원의 동물 카페에는 작은 규모와 달리 다양한 동물이 있었습니다. 앵무새부터 거북이, 조랑말, 원숭이, 너구리, 뱀 등 각종 포유류와 파충류를 망라한 동물이 어린이 손님을 맞았습니다. 많은 동물 가운데 제 눈을 사로잡은 건 바로 두 마리 사막 여우였습니다. 뾰족하게 솟은 귀, 기품 있는 몸짓까지 『어린 왕자』에 나오는 여우의 이미지 그대로였습니다. 그런데 사막 여우의 발걸음이 불편해 보여서 자세히 봤더니 두 마리 사막 여우 모두 앞다리가 하나밖에 없었습니다. 아픈 다음부터는 고통을 겪거나 힘든 사연에 자연스럽게 관심 주파수가 맞춰집니다. 그래서 더욱이 두 마리 여우가 신경 쓰이고 장애를 입은 사연이 궁금해졌습니다.

제가 사막 여우 앞을 떠나지 못하자 지나가던 사육사가 "이 여우들은 태어날 때부터 둘 다 앞다리가 하나씩 없었어요. 만약 있었다면 우리 카페에 올 수 없었겠죠."라고 설명을 해 주었습니다. 추측건대 선천적 기형 때문에 대형 동물원이나 허가받은 사육 장소에서 버려질 운명의 여우를 이곳에서 입양한 것으로 보입니다.(국내 법규상 국제조약에 따라 멸종 위기 포유류 동물인 사막 여우는 '학습, 관람 목적을 가진 동물원 사업자'나 '학술, 연구 목적을 위한 기관'의 허가를 받은 후에야 수입과 사육이 가능하다고 합니다.)

사막 여우 두 마리가 이곳에 오지 않았다면 어떤 운명을 맞이했을지 생각해 봤습니다. 자연에서 태어났다면 어렸을 때부터 기운 센 누나, 형의 텃세 때문에 먹이 쟁탈전에서 밀려났겠죠. 설사 성체가 됐더라도 사냥 능력이 부족해 도

태되었을 가능성이 큽니다. 동물원에서 태어났어도 무리에서 소외되고 따로 사육되는 눈칫밥 운명을 벗어나기는 어려웠을 것 같습니다. 절뚝거리며 좁은 우리에 있는 사막 여우 두 마리가 행복해 보이지는 않았습니다. 소설『어린 왕자』속 여우처럼 "나를 길들여 주렴." 하고 당차게 요구하지는 못할 것 같더군요. 그래도 삶을 이어 가는 모습이 기특해 보였습니다.

소설 속 사막 여우는 어린 왕자에게 이렇게 말합니다. "내 비밀은 이런 거야. 가장 중요한 건 눈에는 보이지 않는단다. 너의 장미꽃을 그토록 소중하게 만든 건 그 꽃을 위해 네가 소비한 그 시간이란다." 저 역시 다리 없이 살아가는 사막여우에게 이렇게 말해 주고 싶습니다. "사막 여우야, 힘들지만 지금까지 살아온 시간이 너의 삶을 소중하게 만들어 줬어. 너도 힘들겠지만 힘내서 열심히 살아 보자. 나도 좌절하지 않고 건강을 회복하도록 노력할게."

용기를 내서
가족 여행을 떠나다

    2017년 6월 일주일 동안 저와 아내, 두 딸 네 식구만 제주도로 가족 여행을 다녀왔습니다. 객관적인 혈액 수치는 정상에 못 미쳤지만 일단 무조건 떠나기로 마음먹었습니다. 저 자신을 돌아보니 어느새 재발의 두려움과 공포가 정신과 육체 속에 서서히 침윤하고 있다는 걸 느꼈기 때문입니다. 영화 「트루먼 쇼」에서 짐 캐리가 조작된 트라우마 때문에 바다를 넘지 못하는 것처럼 저 역시 내면은 부정했지만 결국 재발의 공포 때문에 집과 병원을 스스로의 활동 반경으로 제한하고 있지 않나 싶었습니다.

    여행은 당연히 체력적으로 벅찼습니다. 특히 여행 이틀 만에 첫 번째 고비가 찾아왔습니다. 첫째가 덜컥 감기에 걸린 겁니다. 저처럼 면역력 회복이 덜 된 환자는 타인에게서 질병이 옮겨 올 가능성이 높습니다. 첫째를 재워 주던 할머니도 안 계시는 상황에서 제가 직접 감기에 걸린 첫째를 안아서 재워야 했기 때문에 걱정도 많았습니다. (아내는 어린 둘째를 돌보느라 첫째를 보살필 여유가 없었습니다.) 다행히 활력 넘치는 첫째는 비교적 쉽게 회복했고 저도 감기나 다른 질병에 걸리지 않았습니다.

이번 여행에서 가장 절실하게 느낀 것은 제게 첫째 성장 과정에 대한 기억이 없다는 것이었습니다. 당시 상황을 복기해 보니 아내가 육아휴직을 하면서 첫째를 키웠고 이후에는 어머니가 함께 돌봐 주셨습니다. 저는 회사를 옮긴 직후라 개국과 새 회사 적응에 전념했나 봅니다. 주말마다 아이와 놀아 준다고 애는 썼지만 당일치기 여행객처럼 겉모습만 훑고 지날 뿐, 아이와 교감을 나누고 추억을 쌓지는 못했던 것 같습니다. 여행을 하는 일주일 동안 네 식구가 지지고 볶으며 지내다 보니 둘째의 모습에서 어렴풋이 첫째의 어린 시절이 떠오릅니다. 그리고 제가 진정 놓치지 말아야 할 것이 무엇인지도 다시 한번 다잡았습니다.

'관속에 들어갈 때 가져갈 수 있는 것은 즐거운 추억뿐'이라는 상투적인 말이 이제는 인생의 화두처럼 느껴집니다. 아직 환자인지라 여독이 풀리기까지는 제법 시간이 걸립니다. 재활을 위한 육아휴직 기간을 제 인생의 후퇴가 아닌 삶

의 궤도 재설정 기간으로 삼겠습니다. 비록 몸의 회복이 더
디더라도 즐거운 마음으로 다음 여행 계획을 짜야겠습니다.

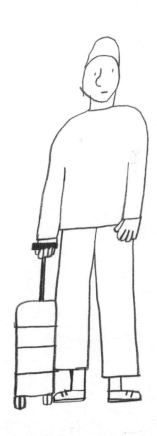

선물

병이준

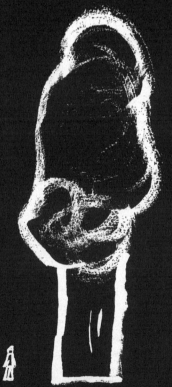

기자들은 뭔가 특별한 제보가 오거나 소위 촉이 왔을 때 긴장합니다. 특히 뭔가를 제보하겠다는 사람을 만나게 되면 더욱 긴장감이 높아지죠. 그러나 십중팔구, 별일 아닌 경우가 많습니다. 이럴 땐 김이 빠지죠. 무심코 카메라 기자나 스태프들에게 '이야기 안 된다'(언론계의 용어로 기사화할 수 없는 내용이라는 의미입니다.)라는 사인이나 표정을 짓기도 합니다. 피해를 입은 제보자는 구구절절 카메라를 향해 사연을 쏟아 내지만 뻔한 내용, 정리할 수 없을 만큼 복잡한 줄거리, 객관적 증거가 없는 일방적 주장, 이 세 가지가 합쳐지면 "오늘 하루 공쳤다."라는 외침이 입안에서 맴돕니다. 취재기자, 영상 취재기자, 오디오 맨, 운전자 등 네 명의 취재 인원이 차를 타고 와서 시간을 소비했는데 소위 기사를 못 쓰게 되면 데스크의 얼굴도 떠오르고 오늘은 무엇으로 먹고살아야 하는가 싶어 막막함이 밀려옵니다.

제가 병원에 입원해 환자가 되고 나서야 당시 저런 태도가 얼마나 오만한 행동이었는지를 깨달았습니다.

입원 직후 저는 가슴에 고농도 약물을 투입하는 중심정맥관을 잡기 위해 수술실에 들어갔습니다. 심장 위쪽에 부분 마취를 하고 마취 액이 몸에 퍼지도록 기다리느라 시간이 잠시 비었습니다. 환자들에게는 무서운 시간이지만 의료진에게는 지겹게 반복되는 일상일 수도 있습니다. 제가 수술대 위에 누워 있는 동안 의료진들이 가벼운 이야기를 나누더군요. 어제 있었던 회식 이야기, 오후 스케줄 등 주제도 다양했습니다. 그런데 환자 입장에서는 이게 편치 않더군요. 의료진이 뭔가를 할 수는 없지만 환자에게만 집중하기를 바라는 욕심이 생겼습니다.

그 순간 아차 싶었습니다. 수많은 제보자들이 간절히 저에게 이야기를 할 때 바란 것이 이런 집중이 아니었을까, 제가 의료진의 잡담에서 아쉬움을 느끼듯이, 그들도 기사화하기 어렵다는 이유로 은연중에 드러난 제 행동과 표정에서 서운함을 느끼지 않았을까 하는 생각이 들었기 때문입니다.

제보자, 환자, 머리 깎고 싶은 사람, 옷 사고 싶은 사람, 순간순간 모두들 자기에게는 절실한 순간들이 있을 겁

니다. 그런 상황에서 자신을 바라보는 사람에게 집중하는 것
이 인간의 기본적 도리이자 예의라는 것을 다시는 잊지 않겠
습니다.

수술 동의서를 쓰다가

병원에 입원하면 환자나 보호자들은 각종 서류에 서명하게 됩니다. 수술 동의서부터 각종 검사를 할 때마다 서명해야 하는 양식이 다양합니다. 저도 한번 입원할 때마다 각종 동의서에 기계적으로 제 이름을 써넣고 있지만 정말 이래도 되나 싶은 생각이 들 때가 많습니다. 두 번째 항암 치료를 하게 돼서 제법 여유가 생긴 덕에 항목을 꼼꼼히 읽어 봤습니다. 제가 오늘 받을 간단한 검사를 위해 서명할 서류를 보면 "수술 과정에서 발생할 수 있는 우발적 결과에 대해 최선의 주의를 다한 병원에 대해 책임을 묻지 않을 것일 것입니다."라는 항목에 동의를 해야 합니다. 의료진에 비해 전문적인 지식이 턱없이 부족한 환자들은 울며 겨자 먹기로 무조건 동의를 하지만 과연 여기에 서명을 해도 되는 것인지. 이것이 혹시 있을지도 모르는 의료 분쟁에서 불리하게 작용하지는 않을지 하는 불안감을 떨칠 수 없습니다.

실제로 우리나라는 과실책임주의 법리에 따라 의료인이나 의료 기관에 과실이 있었다는 점을 피해자가 입증한 후에야 배상을 받을 수 있습니다. 의료 기록과 전문 지식에 접근하기 어려운 환자가 대형 병원의 과오를 찾아내야 하는 구조인 것입니다. 보험연구원 최창희 연구 위원이 2016년 5월에 낸 자료를 살펴보면 2014년에 국내 법원 1심에서 처리된 의료 소송 960건 가운데 원고가 승소한 건은 14건(1.45퍼센트)이고 원고가 일부 승소한 건은 287건(29.9퍼센트)이었습니다. 같은 해 전체 1심 민사소송에서 원고 승소율이 49.9퍼센트, 원고 일부 승률이 7.5퍼센트라는 것을 고려하면 의료 소송에서 원고가 승소하기가 다른 민사 소송보다 훨씬 어렵다는 것을 보여 줍니다.

이런 모순은 의료 현장에만 국한되지 않습니다. 매년 100여 건 넘게 신고되는 국내 급발진 사고 소송에서 현재까지 운전자가 이긴 판례는 없습니다. 국내 법규상 급발진 사고 역시 소송에서 자동차에 문제가 있어 사고가 났다는 것을 운전자가 입증해야 하기 때문입니다. 자동차 회사보다 전문성이 떨어지는 운전자가 자신의 과실이 아니라 차량 결함으로 사고가 났다는 것을 증명하기는 어렵습니다. 반면 미국에선 급발진 의심 사고가 나면 제조사에게도 입증 책임을 묻습니다. 도요타는 2007년 미국에서 발생한 캠리 급발진 사고 소송에서 패해 리콜과 합의금, 벌금 등으로 40억 달러(약 4조 7000억 원)를 물어냈습니다.

법은 강자와 약자가 분쟁의 국면에 서게 되면 최소한 양측이 동등한 위치에서 옳고 그름을 다툴 수 있는 경기장과 규칙을 제공해야 한다고 생각합니다. 미국 대법원의 동성 결혼 합헌 같은 파격적인 판결까지는 아니더라도 대형 병원과 대기업이 환자와 소비자보다 유리한 위치에 있는 법적 시스템은 조속히 개선되기를 희망해 봅니다.

숙련도와 익숙함을 습득하면 개인의 삶은 편해지고 풍성해집니다. 한 동네에 터를 잡고 2년 이상 살게 되면 삶의 숙련도가 올라갑니다. 교통 체증을 피할 수 있는 도로 탐지 능력이 실시간 교통 상황을 알려 주는 내비게이션을 능가하고 맛집 블로그에 나오지 않는 나만의 음식점도 보유하게 됩니다. 처음에 어리바리하던 신입 직원은 연차가 높아질수록 모든 업무에 익숙해지죠. 보고서 양식을 묻던 초보 회사원은 익숙함을 쌓으면 혼자 힘으로 멋진 제안서를 작성하게 됩니다.

제가 최근에 익숙함과 숙련도를 습득한 건 병원입니다. 지금까지 모두 아홉 번의 입퇴원, 햇수로는 4년째 병원 생활, 통원 치료 초기에는 매주 한 번, 지금은 한 달에 한 번

출근 도장을 찍고 있습니다. 병원에 가는 날은 몸이 스위스산 시계처럼 오차 없이 움직입니다. 중간에 잠이 깨면 목이 마르기 때문에 검사 전 네 시간 공복이 필수인 채혈 전날은 수분 섭취를 최소한으로 줄입니다. 교통 체증을 피하기 위해 새벽 6시에 출발, 가장 편하게 차를 뺄 수 있는 층에 칼같이 주차, 채혈을 끝내고 진료 보기 직전 사람이 가장 적게 몰리는 병원 식당에서 실패할 확률이 적은 갈비탕 선택, 치과와 감염내과 등 협진이 있을 경우 식사를 끝내고 최소 동선으로 해당 진료과에 도착. 아마 이 병원에 처음 온 인턴보다 월등한 위치 감각과 편의 시설 이용 노하우를 습득한 것 같습니다.

그런데 때로는 이런 익숙함이 진저리 치게 싫어지는 순간도 있습니다. 영화나 소설 속 주인공이 처음에는 그토록 망설이던 범죄를 스스럼없이 저지르는 자신을 발견하며 소스라치게 놀랄 때의 느낌과 비슷하다고 하겠습니다. 병원에 이렇게 익숙해지면 그만큼 병원에 더 오랫동안 오게 되는 것 아닐까 하는 비과학적이고 근거 없는 걱정이 생기는 것이죠. 긍정적 믿음과 정기적 검진이 지금 할 수 있는 최선이라는 것을 알면서도 다양한 고통을 선사한 병과 병원에 대한 공포가 제 마음 깊은 곳에서 발현되나 봅니다.

이 '불쾌한 익숙함'을 어떻게 극복할 수 있을지 곰곰이 생각해 봅니다. 제가 찾은 답은 복직해서 기회가 된다면 의료 담당 기자가 되는 겁니다. 의사 출신 의료 전문 기자는 많이 봤지만 암 환자 출신 의료 기자는 못 본 것 같습니다. 환자와 재활을 직접 몸으로 체험한 경험은 다른 기자와 차별화된 시각을 제공하지 않을까요? 병원을 잘 아는 만큼 다른 기자들은 무심코 지나쳤지만 환자와 독자, 시청자들에게는 중요한 정보를 발견할 수도 있을 겁니다. '불쾌한 익숙함'을 '소중한 기회'로 만드는 노력도 잊지 말아야겠습니다.

일이 1순위,
가족이 후순위인
슬픈 현대인

아프기 전 기자 시절, 전 새벽 5시 30분이면 일어나 스마트폰부터 켰습니다. 경쟁사 언론 보도를 체크하고 소위 물먹은 게 없는지(우리 회사에서 놓친 내용을 타 언론사에서만 독점적으로 보도하는 상황을 표현하는 은어) 확인하는 거죠. 그런 다음 우유를 한 컵 마시고 텔레비전을 켭니다. 방송 뉴스를 모니터링하고 오늘 아침에는 어떤 기사를 쓸까 팩트를 돌려보고 꼬아도 보고 머리를 바쁘게 움직이죠. 이러는 동안 자는 딸아이 모습, 힘들게 아기를 재웠던 아내의 얼굴을 여유롭게 바라본 적은 없던 것 같습니다.

기자만 이럴까요? 다른 직장인들도 크게 다르지 않을 겁니다. 오늘 아침에 있을 회의, 부장이 제출하라고 한 자료, 경쟁사의 데이터 분석, 업무 양태와 간의 알코올 해독 수치가 다를 뿐 직장인의 아침은 정신없이 지나갈 겁니다. 대다수 가장들은 자는 식구들을 뒤로하고 혼자 출근길에 나섭니다.

이렇게 일이 우선이 되면 본인도 모르게 삶이 뒤바뀝니다. 회사에서는 친절한 부장이자 선배이자 동료지만 집에서는 가족들에게 쉽게 짜증을 내죠. 똑같은 걸 물어봐도 후배에게는 인내심 있게 "잘 기억해. 그럴 수 있지."라고 부드럽게 말할 것도 가족에게는 "뭘 똑같은 걸 물어봐."라며 퉁명스러운 대답이 나갑니다. 정말 희한하지 않나요? 행복한 가정을 위해서 일하는 것인데 정작 가족은 항상 뒤로 밀려난다는 것 말입니다.

아내와의 약속, 딸아이와의 나들이, 부모님 생신 같은 것들이 회사 회식, 상사와의 약속, 친구들과 한잔에 너무 당연하게 밀리지는 않았나요? 회사라는 절대 방패를 무기로 첫 운전에 나선 아내의 설렘, 전화 한번 하기 위해 몇 번씩 고민했을 부모님의 마음을 애써 외면하지는 않았는지요? 제가 일상으로 돌아간다면 회사를 위한 특종뿐 아니라 우리 가족을 위한 특종에도 촉을 세우겠습니다.

한국 사회가
프로 구단에서
배워야 할 조직 관리

골수 야구팬인 저에게 프로야구는 큰 힘이 됩니다. 2017년에는 제가 응원하던 KIA타이거즈가 우승을 해서 더욱 즐거웠습니다. 저는 KIA 소속 선수뿐만 아니라 저처럼 재활 중이거나 재활에서 복귀한 한국 SK와이번스의 김광현 선수와 미국 LA다저스의 류현진 선수를 더욱 유심히 봤습니다.

우선 우리나라 프로야구를 대표하는 김광현 선수는 2016년 수술을 받고 지난해에는 한 번도 경기에 출전하지 않으면서 재활에 매진했습니다. 언론 인터뷰에서도 "야구를 보면 재활을 서두를 것 같아서 일부러 안 본다."라고 말하더군요. 뉴스를 보면 현장 속으로 뛰어들고 싶어질까 봐 일부러 방송을 보지 않는 제 모습이 겹치면서 묘한 동질감을 느껐습니다. 류현진 선수는 성공 확률 6.9퍼센트의 어려움을 극복하고 재활에 성공했습니다. 640일 만에 선발로 복귀했다가 다시 부상을 입는 것을 보면서는, 복귀를 앞두고 병이 재발한 제 상황이 오버랩되면서 류 선수가 다치기 전보다 더욱 응원하게 됐습니다. 부상에서 회복해서 스포트라이트를 받던 선발투수가 아닌 게임 중간에 등판해서 공을 던지는 불펜 투수로 등판하는 모습을 보면서는 저 역시 회사에 돌아가면 역할이 축소되는 게 아닐까 하여 감정이입에 빠지기도 했습니다. 하지만 지난해 후반기부터 류 선수가 선발 투수로 복귀하고, 올해도 비록 부상으로 많은 경기에 나서지는 못했지만 막판에 팀의 지구 우승에 기여하고 월드시리즈에 선발 투수로 등판하는 것을 보고 저도 큰 힘을 얻었습니다.

만약 두 선수를 한국의 직장인이라 가정해 보면 어떨까요? 매해 수십억 원의 연봉을 받기로 한 직원이 덜컥 다쳐서 1~2년간 출근을 못한다고 말이죠. 아마 대다수 회사에서는 어떻게든 이 직원이 스스로 회사를 나가도록 암묵적 회유와 압박 등을 준비할 것입니다.

하지만 이 두 선수는 몸이 충분히 회복되었다는 판단이 설 때까지 안정적인 재활을 하면서, 복귀했을 때 본인이 활약할 위치도 확보하고 있었습니다. 김광현 선수와 류현진 선수가 우리나라 야구를 대표하는 선수라 이렇게 긴 재활 기간이 보장됐으리라 생각할 수도 있지만 유명 선수가 아니라도 프로 구단들은 부상 선수의 재활 기간을 보장해 줍니다. 지난해 멋지게 복귀한 롯데자이언츠 투수 조정훈 선수는 7년이라는 재활 기간을 거쳐 2017년, 7년 2개월 만에 승리를 기록하기도 했습니다. 자본주의의 최첨단을 달리는 프로 구단은 왜 선수들에게 이런 철밥통을 보장할까요?

프로야구나 축구 등 스포츠에는 부상 위험이 상존합니다. 선수들의 높은 부상 가능성과 이에 따른 손실 위험을 감수하고도 구단은 왜 선수들의 연봉을 보장하고 복귀를 기다려 줄까요? 저는 조직원들에게 던지는 메시지가 가장 크다고 생각합니다. 팀을 위해 헌신한 선수가 부상을 당했다면 조직이 끝까지 책임을 진다는 믿음 말이죠. 팀원들에게 이런 믿음이 있다면 프로 선수는 승부의 순간에 부상의 위험이 있더라도 자신의 몸을 던지지 않을까요?

직장인도 큰 틀에서 보면 다르지 않습니다. 새벽부터 밤늦게까지 이어지는 업무, 퇴근 후 시작되는 각종 접대와 회식을 수행하다 보면 각종 성인병과 이름 모를 질병에 노출됩니다. 그럼에도 다치거나 병에 걸리면 본인 치료비 걱정에다 실직의 공포까지 떠안게 됩니다.

모든 조직은 조직원들에게 헌신과 열정을 기대합니다.

일반 회사가 프로 구단처럼 높은 연봉을 보장할 수 없다면 조직원들에게 최소한의 안전망을 보장했으면 합니다. 오랜 시간의 재활이 필요한 질병에 걸릴 경우 소정의 경제적 지원과 건강 상태에 맞는 적절한 직무를 보전하는 제도면 좋겠습니다. 실제 회사에서 소요되는 비용 자체도 그리 크지 않지만, 회사의 대외 이미지와 조직원의 충성도 상승은 이를 상쇄하고도 남을 것이라 생각합니다. 직원을 언제나 대체할 수 있는 부품으로 여기는 한국식 기업 문화가 바뀌지 않는 한 조직원의 자발적 헌신은 기대하기 어려울 겁니다.

공감의 무게

정환: "열 시간 수술도 한 사람이 왜 이래? 이건 한 시간짜리야."

정봉: "……."

정환: "이건 실패 확률이 3퍼센트도 안 되는 간단한 거야."

정봉: "어릴 때 나처럼 심장병에 걸릴 확률은 2퍼센트도 안 돼. 그래서 난 그 3퍼센트가 겁나."

2015년 겨울, 병실에서 본 「응답하라 1988」이란 드라마의 한 장면입니다. 극 중 6수생 정봉은 심장 판막에 있는 배터리를 갈아 끼우는 수술을 받으러 병원에 입원했습니다. 정봉은 이미 어렸을 때 열 시간 넘는 판막 수술을 받았는데 이날은 그 배터리를 교체하는 간단한 수술을 받아야 했습니다. 동생과 가족들은 별것 아니라고 위로를 하지만 당사자인 정봉은 자못 심각했죠. 예전 같으면 '왜 이리 엄살이야?' 하고 생각했을 수도 있겠지만 환자 입장이 되어 보니 그 대사가 가볍게 들리지 않았습니다. 모든 환자들의 가슴속 깊은 곳에 있는 두려움과 공포를 가장 잘 표현한 말이 아닐까 싶었습니다.

저를 포함해 우리는 "그래, 네가 얼마나 힘든지 잘 알아."라는 말을 쉽게 합니다. 하지만 그 말에 공감의 무게는 얼마나 실렸을까요? 지금 사랑 때문에 가슴 아파 하는 젊은 청춘에게 건네는 기혼자의 가벼운 위로, 심각한 수술을 이미 했다고 해서 지금 당장 수술을 앞둔 사람에게 건네는 "그거 해 보면 별거 아니야."라는 경험담은 얼마나 위로가 될까요? 취업으로 고민하는 사람들에게 "그 과정도 금방 지나간다. 버티면 된다."라는 갓 취업한 선배의 말은 얼마나 깊은 공감을 얻을까요? 물론 이 말은 똑같은 고통을 겪어 보지 않은 사람은 아무 말도 하지 말라는 뜻이 아닙니다. 다만 섣불리 나는 너의 아픔과 고민을 공감한다고 말하고 그 대상도 내 말에 공감할 것이라고 기대하지는 말자는 뜻이죠.

수술을 잘 끝낸 정봉에게 저도 한마디 하고 싶습니다.

"정봉 씨, 수고했어."

장애와 질병은 선택의 문제가 아니다

역지사지(易地思之)라는 말은 이해와 실천 사이의 간극이 가장 큰 개념 중 하나입니다. 굳이 맹자의 경전을 언급하지 않아도 누구나 아는 대로 상대방의 입장에서 생각해 보라는 의미로 쓰입니다. 말의 취지는 고상하지만 실천하기는 불가능한 경우가 많습니다.

예를 들어 최근 갑질 논란을 일으킨 대기업 오너와 그 가족들, 그리고 고위 임원, 검찰 고위 인사 등이 을의 입장에 설 확률은 아주 낮습니다. 갑질로 사회적 비난이나 법의 처벌을 받을 수는 있습니다. 그러나 실질적인 사회적 위치나 위상이 추락하지 않는 한 그들이 상대방의 입장에서 생각하는 것은 불가능합니다. 굳이 갑질 인사를 언급하지 않더라도 저 역시 환자 생활과 재활이 힘들겠지라고 막연히 생각은 해 왔지만 실제 환자가 되고 직접 재활을 해 보니 선한 의지와 경험은 별개라는 것을 몸소 체험하고 있습니다.

군이 역지사지라는 사자성어를 꺼낸 것은 더욱 각박해지는 세상 때문입니다. 한 신문에서 장애인 학생의 수업 신청이 논란이 되고 있다고 보도했습니다. 핵심은 휠체어를 탄 학생이 강의를 신청했는데 그 강의실에 계단이 많아서 장애인 학생이 제시간에 수업을 듣기 어렵다는 것이었습니다. 그 학생은 학교에서 배포한 장애인이 듣기 어려운 강의실 자료를 참고했었는데 그 수업은 빠져 있었습니다. 잘못을 인정한 학교 측이 대안으로 강의실을 옮기는 안을 제안하자 다른 학생들이 동선이 멀어진다며 거부했습니다. 다른 대안으로 장애인 학생이 수업을 못 듣는 부분을 감안해 그 학생에게 보충수업을 해 주겠다고 하자 특혜라며 반발했습니다. 급기야 학교 게시판에 장애인 학생을 '민폐'로 규정하면서 본인이 수업을 취소해야 한다는 글이 올라오기까지 했습니다.

이런 각박함은 대학 사회뿐만 아니라 취업 시장에서도 목격됩니다. 지금의 젊은 대학생들은 동일 노동을 하는 정규직과 비정규직의 임금 격차를 당연하게 생각하는 경향이 높다고 합니다. 당연히 비정규직의 정규직화 필요성에도 공감하지 못하는 비율이 높습니다. 학생들의 이런 생각 바탕에는 지금 내가 누리는 것은 그만큼 투자한 결과이기 때문에 그에 걸맞은 권리를 주장하는 것은 정당하다는 의식이 자리합니다. 『공부 중독』이라는 책에서는 이 같은 현상을 이렇게 개념화합니다. "(정규직 취업은) 내가 엄청나게 투자한 대가로 얻은 것이기 때문에 비정규직과 정규직의 차별은 당연하다. 문제는 이런 '공부 능력'에 따른 차별이 공부 능력으로 국한된 것이 아니라 '인간의 존재 가치'로 확산되어 버린다."

그러나 장애와 질병은 개인의 능력이나 선택의 문제가 아닙니다. 나 자신에게는 절대 일어나지 않을 거라고 자신만만해하다가 어느 날 갑자기 교통사고처럼 찾아옵니다. 불가항력적 제약이 있는 사람을 배려하지 않는 것은 질주하는 자동차 안에서 속도를 더 내려고 각종 안전장치와 안전띠를 떼어 내고 달리는 것과 마찬가지입니다. 배려 없는 사회가 구성원을 아무렇지 않게 해치는 흉기가 되고 난 후에야 그것을 깨닫는다면 되돌리기까지는 몇 배나 어려운 시간을 견뎌야 할 겁니다.

거창한 역지사지를 바라는 것이 아닙니다. 타인에 대한 차별과 멸시의 시선이 나에게 돌아올 수 있다는 점을 생각해 봅시다.

조금만 불편하자

    병원에서 퇴원한 지 3주가 흘렀지만 저의 신체 시계는 아직 병원에 맞춰져 있습니다. 아무리 늦게 자도 새벽 5시에는 눈이 떠집니다. 가벼운 요기를 하고 5시 30분경에 집으로 배달되는 두 종의 신문을 읽는 게 하루 일과의 시작입니다. 그런데 6시, 6시 30분이 되어도 이날은 신문이 오지 않았습니다. 폭설이 내린 것도 아닌데 왜 신문이 안 오는지 의아해하며 추위를 피해 아침 운동차 아파트 주차장으로 내려갔습니다. 운동을 하던 중 평소보다 바쁜 몸짓으로 신문을 배달하는 아저씨와 마주쳤습니다.

    "오늘은 배달이 늦으셨네요?" 제 인사에 50대 초반으로 보이는 아저씨는 멋쩍게 웃으면서 "네, 오늘 늦잠을 자서요. 몇 동 몇 호신가요? 먼저 배달해 드릴까요?"라고 되물었습니다. 전 "아니요, 먼저 배달하실 곳 하시고 천천히 배달해 주세요."라고 답했습니다. 안타깝게도 신문은 아침 7시 30분에야 배달됐습니다. 급한 일도 없고 그저 평소보다 두 시간 늦게 신문을 보는 불편만 감수하면 됐기 때문에 전 별 불만 없이 상황을 받아들였습니다.

전날 오전에 한 신용카드 회사에서 전화가 왔습니다. 유효기간이 만료되어서 카드를 재발급할 예정이라고 하기에 앳된 목소리의 상담원에게 카드 수령지를 회사 주소가 아니라 집으로 해 달라고 신신당부했습니다. 그런데 재발급된 카드가 광화문 회사로 배달 완료되었다는 문자가 왔습니다. 순간 당황스러웠지만 약간 화가 나는 것을 가라앉히고 해당 카드사의 고객 센터로 전화를 했습니다. "ARS 통화 기록이 녹음되어 있을 텐데, 전 어제 분명히 배송 주소를 집으로 했는데 회사로 배달이 된 것 같습니다. 통화 녹음 내용을 확인해 보시고 어떤 조치를 취할 수 있는지 알려 주세요."라고 메시지를 남겼습니다. 잠시 후 전날 통화했던 상담원이 잔뜩 위축된 목소리로 본인이 실수를 했다고 전화를 해 왔습니다. 그래서 괜찮다고 말하며 전에 배달된 카드를 정지시키고 새로운 카드를 집에서 받기로 하며 일을 마무리했습니다.

만약 제 마음에 여유가 없었더라면 이 두 사건에서 크

게 화를 내며 담당자를 질책했을지도 모르겠습니다. 하지만 재활이라는 시간이 준 여유 덕분에 마음도 여유로워졌는지 굳이 화를 내서 누군가를 당황하게 하거나 질책받게 만들고 싶지 않았습니다. 분노는 저보다 약한 처지에 있는 사람이 아니라 더 큰 악을 행하는 강한 사람을 향해야 값지기 때문입니다.

사이다 발언으로 인기를 끌었던 드라마 「김 과장」 속의 남궁민처럼 오너 2세의 손을 비틀지는 못하더라도 자신의 자리에서 부당한 압력이 행해질 때 "아니요."라고 말할 수 있는 배짱이 우리 모두에게 필요한 시대입니다.

"선배님, 잘 지내셨죠?"

4년 전에 제가 보도 본부 SNS 인턴으로 뽑았던 친구에게서 전화가 왔습니다. 왠지 들떠 있는 목소리, 좋은 일이 있다는 것이 기자의 촉으로 느껴졌습니다.

"선배님 덕분에 ○○회사의 영상 취재기자로 최종 합격했습니다."

역시 기쁜 소식이었습니다. 자신의 공을 저에게 돌리려는 것을 막고 덕담을 건넸습니다.

"너의 노력과 능력으로 쟁취한 거지. 이제 겸손한 자세로 선배들에게도 잘하고 특히 같이 공부했던 스터디 구성원들부터 잘 챙겨. 나는 그다음에 보자고."

이 친구는 언론사 입사를 준비하는 다른 학생들에 비

해 사회에서 말하는 스펙이 조금 딸렸습니다. 소위 말하는 SKY 대학 출신도 아니었지만 이 친구가 제출한 이력서와 포트폴리오에서 뿜어져 나오는 열정과 노력은 그 누구에게도 뒤지지 않았습니다. 제가 이 친구에게 제공한 것은 기자 세계를 들여다볼 수 있는 버스의 입석표 한 장이었고 이 친구는 오롯이 자신의 노력으로 입석표를 좌석표로 바꾸었습니다. 이 친구의 예를 들어 구직을 준비 중인 친구들에게 약간의 도움을 주고, 또 우리 사회의 인재 채용 기준이 투명하고 정당해지기를 바라는 마음에서 이 글을 씁니다.

회사 간부급이 SNS를 난생처음 본 스마트폰처럼 낯설게 여기던 시절, 보도 본부에서 내근을 하던 제가 덜컥 SNS 계정을 담당하게 됐습니다. 인턴 두 명을 채용하겠다는 계획을 요청하니 회사에서 흔쾌히 승인했습니다. 그래서 전 하루 여덟 시간 근무, 2교대, 점심 식대 포함 한 달에 약 160만 원 정도의 월급을 받을 수 있는 조건을 따냈습니다. 그리고 언론 고시 카페와 사이트 등을 통해 리쿠르팅을 시도했습니다.

제가 채용 기준으로 삼았던 것은 크게 세 가지였습니다.

1. 계약 기간 동안 자신의 일에 최선을 다할 사람(최소 6개월 이상 근무 가능자)
2. 적합한 능력을 가진 사람(영상 편집 능력과 적극성)
3. 성의 있는 지원서와 면접 태도

1번은 비록 인턴이지만 업무 연속성을 위해 중간에 다른 언론사에 합격했다고 내팽개치면 서로 곤란하기 때문에 내건 조건이었습니다. 2번은 스스로 일을 찾아서 할 수 있는 적극성과 영상 편집을 배우려는 의지를 거르는 시험대였습니다. 3번은 언론사가 아니라 모든 회사가 기본적으로 요구하는 항목입니다.

　　실제 면접을 진행하면서 저는 지원자들이 모집 요강을 제대로 읽고 왔는지가 궁금해졌습니다. 언론사 시험에 응시하고 있으면서도 6개월 이상 근무가 가능하다고 우기는 사람, 외국의 유수 대학을 나왔지만 SNS 인턴이라는 역할에 대해서는 어떤 구체적 계획도 없는 지원자, 타 언론사 지원서에서 각종 항목만 바꿔서 그대로 제출한 서류 등 면접관이 볼 필요가 없는 서류와 지원자가 가득했습니다. 원칙대로 그런 지원자들은 전원 탈락시켰습니다. 적극적이고 의지가 있는 지원자들을 선발했고 이 친구들은 나중에 타 방송사 기자와 기업 SNS 담당자로 성공적인 사회생활을 시작했습니다. 오늘 연락을 해 온 친구는 그 가운데서도 가장 열정이 많고 다양한 경험을 쌓았던 친구였는데 드디어 합격 소식을 전해 온 것입니다.

　　이 예시가 복잡다단한 한국 사회의 모순을 바로잡을 해결책이 될 수는 없습니다. 특히 최근 불거진 강원랜드와 우리은행 입사 채용 비리를 보면 정말 한숨만 나옵니다. 국회의원과 연줄 있는 사람의 청탁으로 가득한 강원랜드의 부정 취업 사례, 돈 많은 예금주, 금융 감독 당국 고위직의 부탁, 은행 고위 임원의 민원을 기준 삼아 정당한 합격자를 탈락시키고 합격 점수에 못 미친 지원자를 합격시킨 우리은행의 사례가 비단 이 두 기관의 문제에 그치진 않을 겁니다.

거대한 제도적 개혁은 정부에서 해야 할 일인 만큼 보통사람들이 할 수 있는 일을 고민해 봅니다. 저는 누군가를 뽑는 위치에 있는 실무자들이 자신이 할 수 있는 범위에서 최대한 외압에 굴복하지 않고 각자의 역할에 충실했으면 합니다. 최선을 다하는 청년들이 꿈을 실현할 수 있는 디딤돌이 되겠다는 용기를 가지고 말이죠. 보통 사람들의 철저한 책임 의식이 사회에 뿌리내리면 이른바 '금수저', '흙수저' 논란을 조금이나마 완화시키고 이 시대의 젊은 '장그래'들에게 희망을 줄 수 있지 않을까요?

고민하는 젊은 친구들에게 보내는 응원의 편지

만섭(영화 「족구왕」의 주인공입니다. 여기서는 고민하는 청춘을 대신하는 호칭입니다.), 안녕.

유난히 더웠던 올해 여름에도 너는 어디선가 족구를 하고 있겠지. 요즘은 날씨가 더우니까 그늘에서 팩차기를 하길 바란다. 군대에서 갈고닦은 체력도 사회에 나오면 금방 고갈되거든. 벌써 아재스러운 충고를 해서 미안해. 너의 족구에 대한 열정에 감동받아 이렇게 편지를 쓰면서도 말이야.

사실 1990년대도 아닌 2014년에 족구를 하는 널 보며 처음에는 답답했어. 내가 96학번이거든. 나 1, 2학년 때는 선배들이 진짜 쉽게 취직하더라. 후배들이 도서관에라도 오면 "너희들은 아직 이런 곳에 오는 게 아니다."라면서 쫓아내기도 했고 말이야. 1학년부터 학점 관리와 취업 준비에 들어

가는 지금 세대들은 이해할 수 없을 거야. 암튼 취업 전쟁이 펼쳐지는 이 시대에 토익 대신 족구 대회를 준비하는 널 보며 처음에는 참 대책 없는 복학생이라고 걱정했어.

하지만 만섭아, 나는 네가 참 멋있고 좋다. 너는 정말 네가 좋아하는 족구를 흔들리지 않고 하잖아. 정신 차리고 연애, 족구 대신 무조건 공무원 준비하라는 선배의 냉혹한 질책에도 전혀 굴하지 않고 말이야. 나는 너의 그 순수한 열정이 좋더라. '꿈에 모든 것을 던져라'라는 거창한 충동 산업에 휩쓸리지 않고 '닥치고 공무원이나 일단 취직이 최선'이라는 극단적 현실론에 매몰되지 않는 너의 모습이. 영화 속에서는 일단 그게 족구로 구체화됐지만 너는 족구 말고도 삶의 의미를 즐겁게 찾아갈 것 같다는 확신이 들어. 왜냐하면 넌 학생이라는 신분과 공부한다는 말 뒤로 숨지 않거든. 등록금 대출이 연체되고 짝사랑하는 여성이 결국 전 남친에게 돌아갈 걸 알면서도 너에게 오는 공을 받아 최선을 다해 상대편 코트로 넘기지. 내가 인생을 그렇게 오래 살진 않았지만 그 우직함이 결국 네가 좋아하는 인생의 항로를 개척해 줄 거라고 믿어.

우리 사회의 구조적 문제가 가장 크겠지만 너 또래 학생들은 너처럼 용감하지 못해. 『공부 중독』(위고, 2015)이라는 책에서는 이 같은 현실을 날카롭게 비판하고 있어. 엄기

호 작가는 현재 세대를 이렇게 묘사하지. "똑똑하되 멍청하며, 언변은 좋고 무능하다. 시험은 잘 풀되 삶의 문제에 대처하는 능력은 형편없으며, 남을 품평하는 데는 날카로운 날을 세우되 자신을 성찰하는 데는 무디기 짝이 없다."라고 말이야. 이 말은 젊은 세대가 '노오오력'을 안 한다는 비판이 아니야. 부모, 사회, 주변 환경이 안정적인 길을 가라고 전방위 압박을 가하는 현실에서 스스로 질문을 던지지 않다 보면 자신도 모르게 헛똑똑이가 된다는 말을 좀 거칠고 직설적으로 했다고 이해해 줘.

정신과 의사인 공저자 하지현 씨는 우리 사회가 이 같은 무능한 '공부 중독'에 빠진 이유를 이렇게 진단해. "모두가 미쳤어. 이건 아니야를 외치면서도 공부 중독이라는 트랙에서 벗어나지 못하는 이유는 나만 혼자 빠져나갔다가 혼자서만 불리해질 것이라는 두려움이 강하기 때문이다."라고 말이야. 그러면서 이런 희망을 이야기해. "공부 중독에서 벗어나 다른 트랙에 선 사람이 늘어날수록 공부라는 블랙홀의 중력장은 힘을 잃을 것이다. 차곡차곡 쌓여서 임계점을 넘어설 정도의 참여자가 모이고 나면, 블랙홀은 그 위력을 잃고 사라져 버릴 것이다."

네가 영화 후반부에 하늘 위로 쏘아 올린 족구공 말이야. 나는 그 족구공이 바로 공부, 취직, 현실 도피라는 블랙홀의 중력장을 흔든 시발점이라는 생각이 들더라. 젊은 세대들이 조금씩 너의 '족구'처럼 자신의 취향을 찾았으면 좋겠어. 너의 족구가 현실에 안주하려는 욕구가 커지는 40대의 가슴도 뛰게 했으니까 다른 친구들도 용기를 낼 것 같아. 난 군대도 카투사로 다녀오고 공차기에 소질도 없어서 족구를 잘 못하지만 나도 경기 때 꼭 끼워 줘. 만섭아, 그리고 항상 널 응원할게.

아이가 아프면 부모는 죄인이 됩니다. 가벼운 감기만 걸려도 엄마나 아빠는 밖에 괜히 데리고 나갔구나, 요즘 잘 못 먹여서 아이가 아픈 게 아닐까 하며 스스로를 자책합니다. 작은 병이 이 정도인데 큰 병에 걸린 부모의 심정은 어떨까요? 병실에 누워서 큰 바늘과 각종 주사에 몸을 소스라치는 아이를 봐야 하는 부모님의 마음을 저는 아직 헤아릴 수 없습니다. 다만 제가 치료와 재활 과정에서 겪는 고통을 절대 제 딸은 경험하게 하고 싶지 않다는 것만은 확실합니다.

특히 아이가 암 같은 중병에 걸리면 부모의 죄의식은 더욱 커질 것 같습니다. 혹여나 부모가 나쁜 유전자를 물려준 게 원인이 아닌가 고민하게 되는 거죠. 저희 어머니도 제가 두 번째 입원하고 퇴원하자 "어미가 죄가 많아서 네가 고생한다."라면서 에둘러 이런 감정을 내비쳤습니다.

　그런데 최근 이런 감정적 죄책감을 씻어 줄 흥미로운 연구 결과가 발표됐습니다. 존스홉킨스 연구 팀이 《사이언스》에 발표한 논문에 따르면 영국 여성의 발암 유전자 돌연변이 원인을 분석해 보니, 환경에 의한 것이 29퍼센트, 유전적 요인이 5퍼센트, 무작위 오류에 의한 돌연변이가 66퍼센트로 나타났습니다. 한마디로 부모의 유전적 영향은 극히 미미하며, 알 수 없는 원인으로 발병하는 암이 가장 많다는 겁니다. 특히 제가 앓고 있는 백혈병 같은 골수암은 무려 95퍼센트가 알 수 없는 유전자 돌연변이로 발생한다고 합니다.

　이런 명백한 과학적 통계도 자신의 눈앞에서 고통받는 아이를 둔 부모의 죄의식을 덜어 주지는 못할 겁니다. 다만 이 연구가 더욱 정교화되고 입증되어서 아픈 아이를 둔 부모가 필요 이상으로 자기 자신을 탓하지 않았으면 좋겠습니다. 저도 쉽지 않은 재활을 하고 있지만 부모님을 원망하지는 않습니다. 오히려 저를 이만큼 키워 주신 것에 충분히 감사드리고 있습니다. 그 어린 친구들도 당장의 고통으로 부모님에게 짜증을 내거나 원망을 할 수는 있겠지만 속마음은 저와 똑같을 것 같습니다. 어머니, 아버지 자신을 자책하는 마음을 줄이고 그 힘으로 아이에게 더 큰 사랑을 주세요.

딸의 배신과 기른 정

대학 동기에게 갑작스러운 여행 제안을 받았습니다. 제 친구가 장인, 장모를 모시고 콘도를 가려고 했는데 두 분이 못 가게 되면서 우리 가족에게 혹시 올 수 있는지 물어본 겁니다. 최근 복직 후 과도한 업무로 지쳐 있는 아내의 윤허가 있어야 한다고 답했습니다. "몸도 힘든 지경에 무슨 여행이냐?"라며 타박할 줄 알았는데 아내는 뜻밖에도 여행을 가자고 했습니다. 제 동기도 딸이 둘인데 나이가 혜린, 채린과 비슷해서 좋은 추억이 될 거라는 생각이 육신의 피로를 밀어낸 것 같았습니다. 동기에게 갈 수 있을 것 같다는 연락을 보내 놓고 첫째 딸에게 기쁜 소식을 알렸습니다. 그런데 첫째 딸은 가족 여행 대신 할아버지, 할머니와 함께 친가인 익산으로 가겠다며 여행을 거부했습니다. 뜻밖의 암초를 만난 저와 아내는 결국 여행을 안 가기로 했습니다. 씩씩한 첫째 딸은 금요일 어린이집을 조퇴하고 친가로 떠났습니다. 결국 첫째를 빼고 저와 아내는 둘째와 함께 주말을 지냈습니다.

가족 여행을 뒤로하고 친가로 가는 첫째 딸을 보며 처음에는 조금 섭섭했습니다. 좋은 추억을 만들기 위해 공들여 준비한 제안을 거절당한 연인의 기분이라고나 할까요. "저렇게 자유롭게 다닐 때도 몇 년 안 남았어. 편하게 해 줘요."라는 아내의 말에 일단 서운함이 누그러졌습니다. 자연스럽게 첫째 딸에게 할아버지, 할머니가 어떤 존재일지 생각해 봤습니다. 엄마에게 혼나거나 잘못을 저질렀을 때 언제나 의지할 수 있는 곳이 할머니 품이었고 아빠가 병원에 있을 때 대신 책을 읽어 주고 산책을 해 준 분이 할아버지였습니다. 저에게 친가나 외가는 방학 때 잠깐 들르는 곳이었지만 제 첫째 딸에게 할아버지, 할머니는 그야말로 매일 보는 가족이자 한시도 떨어지기 싫은 안식처인가 봅니다. 그래서 주말에 네 식구만 여행을 가자는 제안에 "난 할머니, 할아버지랑 떨어지면 너무 슬퍼. 할아버지, 할머니 놓고는 어디 못 가."라며 눈물을 흘렸나 봅니다.

요즘 제가 '내리사랑'이라고 합리화하기에는 무안할 만큼, 자녀에게 쏟는 관심에 비해 부모님을 소홀히 생각하고 있다는 점도 자연스럽게 깨달았습니다. 머리가 굵어진 만큼 효심도 자연스럽게 깊어질 것이라는 예상과 달리 투병 이후 불평이 늘어난 자신을 돌아보면서 반성합니다. 이런 저와는 반대로 제가 부모님께 드리지 못했던 웃음과 기쁨을 첫째 딸이 채워 주고 있다는 생각에 고마운 마음까지 샘솟습니다. 저에게 육아는 단순히 부모와 자녀만의 관계가 아니라 자신을 둘러싼 모든 관계를 돌아보는 계기인가 봅니다.

동화 적폐 청산부터 합시다

　　대통령 선거 이후 뜨거워진 '적폐 청산 논쟁'에 숟가락을 얹어 보려고 합니다. 저는 두 딸을 키우는 아빠로서 아동 도서에 만연하게 퍼져 있는 여성의 수동적 역할이라는 '적폐 청산'을 제안합니다. 전에는 몰랐지만 요즘 딸이 자기 전한 시간씩 책을 읽어 주면서 여성이 철저하게 수혜의 대상으로 묘사되는 스테레오타입의 동화야말로 가장 시급히 개선해야 할 엄청난 적폐가 아닌가 하는 생각이 들었습니다.

　　스스로 자기 앞가림을 못하고 숲으로 도망가는 백설공주. 평소에는 일곱 난쟁이의 도움을 받다가 덜컥 독사과를 먹어 버립니다. 놀라서 정신이 빠진 난쟁이를 뒤로하고 의리 없이 왕자의 키스로 깨어나는 지극히 수동적인 인물. 여기에 계모와 언니들에게 시달림을 받다가 온 나라가 인정한 미모를 무기로 왕자 잘 만나서 인생 역전하는 신데렐라. 이 같은 프레임은 우리 전래 동화에서도 반복됩니다. 「콩쥐팥쥐」의 콩쥐 역시 고생만 하다가 원님 눈에 들어서 신분 상승을 하죠. 이런 동화를 읽어 주다 보면 스멀스멀 분노가 일어 억누를 수가 없습니다. 「반지의 제왕」에서 나즈굴을 제압하는 여성 전사까지는 아니더라도 더욱 진취적이고 주체적인 여성 주인공의 동화를 읽어 주고 싶은데 도무지 찾기가 어렵습니다.

이처럼 동서양의 전통 동화에서 일관되게 여성의 역할이 제한적인 것은 여성의 사회적 지위와 역할이 억압받아 온 현실이 반영된 결과일 것입니다. 미국에서 여성이 온전한 참정권을 획득한 것은 겨우 100년 전인 1920년이었고 사우디아라비아에서는 2016년에야 여성의 참정권이 인정됐습니다. 수천 년간 쌓여 온 관습을 하루아침에 개선하기는 어렵겠죠. 예쁜 옷이 좋고 공주와 왕자님이 좋은 아이들의 동심을 억지로 바꿀 필요가 있냐는 주장도 나올 수 있습니다. 그러나 여성은 성장할수록 유리 천장이라고 묘사되는 보이지 않는 차별과 유무형의 잠재적 폭력에 직면해야 합니다. 아버지로서 아이가 이런 시련에 담대하게 대응하며 커 가도록 주체적이고 강인한 여성 주인공의 동화를 읽어 주고 싶습니다. 남자아이에게는 큰 꿈을 꾸라고 독려하면서, 여자

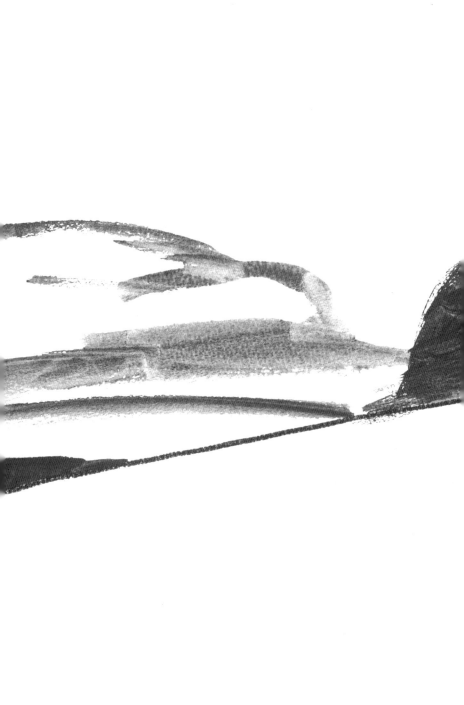

아이에게는 남성을 서포트하거나 선택을 기다리는 수동적 인물이 되라고 권장할 필요는 없지 않을까요. 저는 앞으로 있을 선거에서 '동화 적폐 청산'을 내건 후보에게 최소한 저와 제 아내를 포함한 두 표를 던질 생각입니다.

저는 교사였던 아버지 덕분에 강원도 태백과 철원, 춘천에서 초등학교를 다녔습니다. 2학년 때 강원도 철원으로 전학을 가게 됐는데 공부 압박에서 벗어났다는 생각에 마냥 좋았던 기억이 납니다. 당시 태백은 광산업 최절정기를 맞아 오전, 오후 분반을 할 정도로 학생들이 많았고 학부모들 간 경쟁도 아주 치열했거든요. 하지만 철원초등학교 운동회 날은 아주 괴로웠습니다. 운동신경이 둔한 저의 달리기 실력은 산골과 들판을 뛰놀던 현지 아이들과 비교가 되지 않았으니까요. 4년 내내 개인 달리기 종목에서는 뒤에서 1, 2등을 도맡아 했던 것 같습니다. 그러다 기회가 왔습니다. 6학년 2학기 때 강원도에서 비교적 큰 도시인 춘천으로 이사를 온 겁니다. 서울에 비교할 바는 아니지만 '리' 단위 초등학교에서 '시' 단위 초등학교로 오니 눈이 번쩍 뜨였습니다. 더 고무적인 것은 제가 가을 운동회 직전 연습 날 평생 처음으로 달리기 1등을 했다는 겁니다. 그동안 저 역시 시골에서 좀 뛰어놀았고 춘천의 도시 아이들이 운동을 덜 했던 모양이기도 합니다. 그런데 운명의 운동회 당일 제 옆 라인에 있던 친구가 최고의 컨디션을 보이면서 결국 2등을 하고 말았습니다. 그래서 저의 운동회 달리기 최고 성적은 2등으로 종결됐습니다.

이렇게 평생 달리기에 한이 맺힌 저에게 놀라운 일이 일어났습니다. 지난 토요일 첫째 딸 어린이집 체육대회에 도착했더니 선생님이 "혜린이는 달리기가 빨라서 어린이집 대항 달리기 계주 대표로 나갑니다."라고 말해 주셨습니다. 아빠는 달리기에 재능이 없었는데 너는 어린이집 때부터 무려 계주 대표로 나가는구나 하는 생각에 가슴이 뿌듯하기까지 했습니다. 무협 영화로 비교하자면 수제자가 자신에게 치명상을 입힌 적수를 제압한 후 나오는 희열감 같은 것을 경기 시작 전부터 느꼈습니다. 그리고 중학교 때는 육상부에서 스카우트 제의까지 받았다던 아내가 다시 한번 존경스러웠습니다.

정작 어린이 계주 경기의 긴장감은 없었습니다. 순위보다는 아이들이 안전하게 코스를 잘 지켜 달리는 데 집중하더군요. 아이들 경기가 끝난 후 상대편 어린이집 학부모와 대결할 때는 초반에 불꽃이 튀었지만 행사 진행 요원이 맨 마지막 주자가 서로 손을 잡고 들어오도록 하여 아이들의 동심을 지켜 줬습니다.

아이가 태어나기 전부터 지금까지 그리고 앞으로도 아이는 내 욕망의 대체 실현자가 아니라는 점을 항상 잊지 않으려고 했습니다. 자신의 꿈을 찾아갈 독립된 자아로 성장하기를 바라고 있습니다. 그런데 달리기 대표로 나가는 것만으로도 이렇게 기분이 좋아진 걸 보니 나이브한 다짐만으로는 초심을 지킬 수 없을지도 모르겠습니다. 부모의 결핍이나 좌절에서 시작한 사소한 바람이 조금씩 커지면서 아이에 대한 기대를 넘어 욕망으로 변질되는 것이 아마 최악의 경우겠지요. 자녀의 기호와 주장을 존중하고 이해하는 부모가 되자는 초심을 잊지 말아야겠습니다.

지갑부터 열자

흔히 나이를 먹으면 사람은 바뀌지 않는다고들 합니다. 변화의 가장 큰 장애물은 자신을 바꿀 필요를 못 느낀다는 것입니다. 30대 중반만 넘어서면 일단 삶을 간섭하는 사람이 없습니다. 부모님의 간섭은 사실상 10대를 벗어나면 끝납니다. 물론 결혼이라는 과정에서 자기와 완전히 반대되는 성향의 배우자를 만나 부딪치면서 스스로를 객관화할 기회를 만나기도 합니다. 그러나 경제적 여건까지 비슷한 사람과 결혼하는 요즘 풍토를 고려하면 이런 기회도 점차 줄어드는 것이 사실입니다. 직장이나 사업에서 어느 정도 자리를 잡게 되면 자신의 성공 방식이 최선이라는 확고한 신념이 자리하기도 합니다.

저 역시 백혈병이 재발하지 않았더라면 자신을 객관화

하고 변화시켜야겠다는 생각을 하지 못했을 겁니다. 특히 끝난 줄 알았던 투병 과정이 재발하면서 제 삶 전체를 반강제적으로 돌아보게 됐습니다. 극한으로 치닫는 고통의 순간에는 이제 완전히 다른 삶을 살겠다고 수없이 다짐했지만 일상의 원심력은 무섭습니다. 몸이 회복될수록 당시의 다짐은 자꾸만 희미해집니다. 가끔 3년 전 나와 지금의 내가 바뀐 게 뭐가 있는가 하는 의구심이 생길 정도입니다. 퇴원만 했으면 좋겠다고 기도했던 시절을 잊고 내년 회사에 복직하면 어떤 일을 해야 할까 하는 생각이 드는 걸 보면 그동안의 습속이 정말 무섭습니다.

이러다가는 바뀌는 게 전혀 없을 것 같아서 제가 요즘 실천하고 있는 건 각종 SNS가 자연스럽게 알려 주는 지인들의 생일에 작은 성의를 표시하는 겁니다. 아직 면역력이 약해서 얼굴을 직접 보고 선물을 전할 수는 없지만 커피 기프티콘이라도 꼭 챙겨서 보내고 있습니다. 이것도 처음에는 쉽지 않았습니다. 이 정도 선물은 너무 약소한 것 아닌가 하는 생각부터 우리가 언제부터 생일 챙겨 주는 사이였던가 하는 남세스러움까지 장애물이 참 많더군요. 누구나 주는 것보다는 받는 게 좋은지라 약간 망설여지는 순간도 있었습니다. 그래도 이번 발병을 기회로 남에게 베푸는 것에 좀 더 익숙해진다면 그것도 이 긴 재활 과정의 뜻 깊은 수확이 되겠죠.

진정한 내려놓기의 시험대, 육아휴직

2017년 6월 말에 아내가 복직을 하면서 진정한 육아휴직이 시작됐습니다. 육아를 하다 보면 시간이 쏜살같이 흐릅니다. 아침에 첫째 깨우고 둘째 아침을 먹이면서 첫째를 어린이집에 등원시킵니다. 오전에 둘째랑 놀아 주고 분유 먹여 재우는 동안 잠깐 숨을 돌리고, 점심 먹이고 놀리다가 다시 첫째를 어린이집에서 데려옵니다. 딸내미 둘을 목욕시킨 후 저녁 먹이고 친할머니가 설거지하실 동안 다시 밤 산책, 늦게 들어온 아내에게 둘째를 맡기고 첫째를 할머니 침대로 인도하면 제 하루가 드디어 끝납니다.

천사 같은 아이들의 웃음을 보다가도 어느새 마음 한구석에는 걱정이 불쑥 솟아오릅니다. 예전에는 새로운 지식, 기삿거리와 타인의 인정이 주된 행복의 척도이자 관심사였습니다. 지금은 오늘 아이 간식은 뭘 챙기지, 둘째가 밥을 잘 안 먹는데 뭘 먹여야 하나를 고민합니다. 지금까지 전자를 우선시하고 후자를 등한시했다는 걸 뼈저리게 느끼면서도 동기들의 승진 소식과 빠르게 변하는 사회를 보면 저만 퇴보하고 있는 것 같아 불안감을 지울 수 없습니다. 직장에 복귀하더라도 저는 아마 몇 발짝 뒤에서 다시 시작해야 할 겁니다. 쉬는 동안 열심히 일했을 선후배들의 성과를 생각하면서 저의 늦은 발걸음을 흔쾌히 받아들일 마음의 준비를 해야겠습니다.

그럼에도 발병으로 인한 육아휴직을 통해 제가 얻은 것도 꽤 있습니다. 그동안 강제로 육아를 도맡아야 했던 여성에 대한 이해와 공감입니다. 아내가 첫째를 낳고 출산휴가를 보내고 있을 때 왜 똑같이 힘들게 밖에서 일하고 온 남편을 배려해 주지 않는지 아쉬울 때가 있었습니다. 직접 해 보니 집에 들어온 배우자도 힘들겠지만 나도 너무 힘드니 어서 아이를 맡아 줬으면 좋겠다는 마음이 앞서더군요. 남성이 육아휴직을 하게 되면 아내의 고충을 그야말로 제대로 인식하고 공유할 수 있을 겁니다. 다만 아직까지 남성의 육아휴직을 조직에 충실하지 못한 행동으로 보는 우리 사회의 풍토가 많은 남성들을 가로막고 있는 게 안타깝습니다. 그리고 육아휴직으로 인해 불가피한 경력 단절의 손실을 여성이 고스란히 떠안고 있었다는 것도 뒤늦게나마 깨달을 수 있었습니다.

　재활과 육아휴직을 병행하면서 저를 객관적으로 되돌아보려고 합니다. 지금 제게 가장 중요한 것은 건강을 잘 유지하는 거겠죠. 아직 오지 않은 미래에 대한 불안이 현재를 좀먹게 해서는 안 된다고 다시 다짐해 봅니다. '삶' 자체가 흔들렸던 사람이 왜 아프기 전에 추구했던 목표에 벌써 집착하는지 우습기도 합니다. 두 번의 발병으로 기존 목적지 설정이 바뀐 이상 변화가 가져올 인생 항로의 변화를 차분히 기다리겠습니다. 많은 것을 다시 찾기보다는 내려놓고 진짜 놓치지 말아야 할 것을 찾았으면 좋겠습니다.

  2017년 하반기부터 바뀌는 제도 중 가장 큰 변화라고
유수의 언론들이 헤드라인으로 뽑은 내용은 육아휴직 급여
인상입니다. 예전에는 육아휴직을 신청하면 첫 3개월간 최
대 150만 원의 육아휴직 급여를 지급했는데 7월 1일부터 이
금액이 50만원 오른 200만원이 되면서 예전보다 150만 원을
더 받게 된다는 내용입니다. 이 기쁜 소식을 듣고 육아휴직
을 망설이던 사람들이 덜컥 신청을 했다가는 큰 낭패를 보
게 됩니다. 저도 둘째 아이 육아휴직을 쓰면서 재활을 하기
때문에 이 조건에 해당되는 걸까 기대하고 신청을 해 보려
다 실망만 했습니다. 원인은 아주 사소한 디테일에 있었습
니다.

  대다수 언론은 2017년 7월 1일부터 급여가 인상된다

는 것에 방점을 찍고 세밀한 적용 조건을 병기하지 않았습니다. 200만 원을 지급받는 육아휴직 조건은 해당 아이가 2017년 7월 1일 이후에 출생한 경우이고 두 번째 아이의 아빠 육아 휴직(동일한 자녀에 대해 어머니가 육아휴직을 쓴 다음 아버지가 신청할 경우)부터 해당됩니다. 직접 육아휴직을 신청해 보지 않으면 이런 세부 내용을 잘 알 수 없는데, 이런 상황은 정부의 미필적고의와 언론의 정교하지 못한 검증에서 비롯됩니다.

우선 정부 입장에서는 할 말이 있을 겁니다. 해당 보도 자료에서 수급 조건을 명확히 했다, 속인 것도 없다고 말이죠. 하지만 하반기부터 시행되는 제도에 떡하니 표기하기에는 좀 남세스러운 면이 있지 않을까요? 왜냐하면 실질적으로 200만 원이라는 육아휴직 급여가 지급되는 시기는 2017년 7월이 아닌 2018년 7월이기 때문입니다.

그 이유를 자세히 설명해 보겠습니다. 한국 사회에서 육아휴직은 여성이 먼저 1년을 꽉 채워서 쓰는 경우가 많습니다. 신생아 때 워낙 손이 많이 가고 회사에 가장 당당하게 신청할 수 있는 기회이기 때문입니다. 따라서 남편이 두 번째 육아휴직을 신청할 수 있는 시기는 아무리 빨라도 2018년 7월 1일 이후가 될 가능성이 큽니다. 엄마가 조기 복직을 하면서 아빠가 중간에 육아휴직을 이어서 쓰기도 하지만 이는 일반적이지 않은 상황이기 때문에 설명의 편의를 위해 제외하겠습니다. 즉 2018년 7월 정도는 되어야 본격적인 신청자가 생길 텐데 정부는 마치 2017년 하반기부터 당장 육아휴직 급여가 대폭 인상된 것처럼 홍보를 한 셈입니다. 형식적 조건이 충족됐다고 정부가 생색을 낼 수 있을진 몰라도 이런 사실을 알게 된 정책 대상자들은 분노를 느낍니다.

제가 속해 있는 언론도 책임에서 자유로울 수 없습니다. 저도 정부 부처를 출입할 때 수백 쪽짜리 자료가 나오면 그중 가장 귀가 솔깃한 내용을 찾으려고만 했지 그 정책의 정확한 수혜 시점과 대상을 가늠해 볼 여유가 없었습니다. 이번에도 저출산 극복 대책이라는 정부의 설명과 사회 분위기에 맞춰 모든 언론사들이 똑같은 제목을 헤드라인으로 뽑았을 겁니다. 직접 경험해 보지 않은 내용을 자료로만 파악해야 할 때는 더욱 세밀한 팩트 체크가 필요하다는 걸 다시금 되새기게 됩니다.

저 역시 복직해서 기사를 쓸 때 자료와 숫자에만 매몰되지 않고 정확한 정책 효과를 꼼꼼히 검증하고 세밀한 기사를 쓰도록 노력하겠습니다. 특히 육아 관련 소식을 전할 때는 같은 부모의 입장에서 더욱 꼼꼼히 챙길 예정입니다. 뉴스 수용자들도 기사의 단편적 정보에 만족하지 말고 종합적인 실체를 파악하기 위한 노력이 필요합니다.

"힘들겠습니다. 메인 보드를 교체해야 하는데 20만 원은 들 것 같습니다. 고친다고 해도 다른 부분이 고장 날 가능성도 있습니다. 이럴 땐 새로 사시는 게 나을 것 같습니다."

○○전자 서비스 기사의 사형선고가 내려졌습니다. 2009년 결혼 생활을 시작할 때부터 함께한 세탁기가 8년 만에 우리 곁을 떠나야 합니다. 아마 최근 4년간 늘어난 업무량이 수명을 단축시켰을 겁니다. 맞벌이 시절에는 일주일에 많아야 두세 번 돌렸지만 두 아이가 태어나면서부터는 이불 빨래를 포함해 하루에 세 번 돌아간 적도 부지기수였습니다. 그동안의 업무량을 생각하면 왜 벌써 고장 났느냐고 원망하기보다 지금까지 버티느라 수고했다고 고마움을 전해야 할 것 같습니다. 육아휴직을 하면서 빨래가 제 주요 업무 영역이 됐고 세

탁기는 저의 든든한 동반자였는데 떠나보내려니 마음 한편이 찡했습니다.

　새롭게 세탁기 구입을 고민하다 보니 어릴 적 세탁기에 얽힌 잊지 못할 추억이 생각났습니다. 당시 유치원생이던 저희 형제는 부모님과 함께 겨울용 장갑을 사러 갔습니다. 동생은 비닐장갑을 골랐지만 저는 동생 것보다 갑절이 비싼 가죽 장갑을 샀습니다. 눈싸움에도 적절치 않은 가죽 장갑을 왜 고집했는지 지금도 이유가 생각나지 않았습니다. 사 달은 며칠 후에 났습니다. 동생과 저는 신나게 눈싸움을 한 후 옷을 세탁기에 넣고 장갑도 세탁기에 같이 넣고 돌렸습니다. 세탁이 끝나고 세탁물을 꺼내는데 아무리 찾아도 제 장갑이 없었습니다. 어린 저는 큰 충격을 받았습니다. 부모님께 비싼 장갑을 사 달라고 해 놓고 며칠 만에 잃어버리는 중대한 잘못을 저질렀다고 생각해 버린 겁니다. 저는 어머니가 돌아오실 때까지 방문을 잠그고 자신을 자책하며 혼자 울었습니다. 나중에 울면서 사실을 고백했습니다. 어머니는 "차근차근 찾아보자. 장갑이 어디로 갔겠니."라며 저를 안심시켜 주셨습니다. 알고 보니 가죽 장갑이 세탁기 밑바닥에 붙어 있었고 키가 작았던 제가 장갑을 보지 못해 꺼낼 수 없었던 것입니다.

　이런 작은 악몽을 제외하면 세탁기는 언제나 고마운 존

재였습니다. 마음껏 흙먼지를 묻히고 뛰어놀아도 세탁기에 들어간 옷들은 아주 깨끗해져 나와서 어머니에 대한 미안함을 덜어 줬습니다. 특히 부모님 대신 직접 세탁기를 조작할 수 있게 되자 어른 몫을 한다는 자부심까지 키워 주었습니다. 돌이켜 보니 세탁기는 다른 가전제품보다 허영기가 없이 실속을 중시했던 것 같습니다. 은연중에 브라운관 크기로 과시욕을 투영하는 텔레비전이나, 존재 자체만으로 부러움의 대상이었던 에어컨과는 차원이 다른 가전제품이었습니다. 누구네 집 텔레비전이 정말 크더라, 아무개 집에는 방에도 에어컨이 있더라는 자랑은 들어 봤어도 누구네 집 세탁기가 진짜 좋더라는 말은 못 들어 봤으니까요. 세탁실이라는 외진 공간에 자리 잡고 세탁과 탈수라는 기본 기능에 충실한 세탁기에는 언제 찾아가도 반겨 주는 고향 친구 같은 우직함이 있었습니다.

그런데 요즘 나오는 세탁기는 이런 전통을 배반하고 있습니다. 세탁기를 돌리다가 못 돌린 빨랫감이 있으면 다음에 하면 될 텐데 굳이 세탁 중간에도 놓친 빨랫감을 넣을 수 있다고 자랑합니다. 또 통돌이 세탁기보다 드럼이 훨씬 좋다고 홍보하더니 이제는 본체는 통돌이, 위에는 드럼세탁기가 달린 신제품이 나왔다고 대대적으로 광고를 합니다. 이러다 보니 국산 신제품 세탁기 가격도 300만 원에 육박합니다. 구매할 때 소비자를 사로잡던 화려한 겉모습과 복잡한 기능은 실제로는 사용 안 하는 경우가 다반사입니다. 이번 세탁기를 살 때는 건조, 애드워시, 신발 빨래 등 복잡한 기능 없이 우직한 기능에 충실한 세탁기를 샀으면 좋겠습니다. 저도 화려한 화술이나 겉보기에 충실한 이력 대신 기본에 충실한 우직한 사람이 되겠다고 다시 다짐해 봅니다.

매운맛이
없어도 되네

병이 재발한 2016년 12월부터 몸을 추스른 지금까지 1년 넘게 매운 음식을 못 먹고 있습니다. 저처럼 조혈 모세포를 이식받은 환자에게 발생하는 대표적인 부작용 중 하나가 바로 혀가 매운맛에 극도로 민감해지는 겁니다. 3~4개월 전에는 극소량의 고춧가루 성분만 닿아도 혀 전체가 얼얼하고 화끈거리면서 아프기까지 했습니다. 지금도 매운 음식은 못 먹지만 다행히 화끈거림과 얼얼함의 정도가 점점 옅어지고 있습니다.

원래 매운 음식을 찾아서 먹는 입맛이 아니어서 이런 결핍은 견딜 만합니다. 그래도 우중충한 날에는 돼지고기에 두부를 송송 썰어 넣은 김치찌개가 떠오르곤 합니다. 고구마가 많이 들어간 춘천닭갈비도 가끔 생각이 나네요. 매운

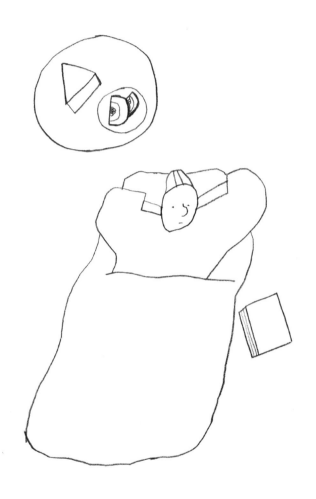

것을 못 먹어서 가장 아쉬운 것은 고춧가루의 기분 전환 효과입니다. 몸이 좀 처지거나 찌뿌둥할 때 적당히 매운 음식을 먹으면 온몸에 땀이 나면서 정신도 확 고양되는 느낌 말이죠. 신기한 것은 매운 음식이 그리워질 때는 있지만 식생활에서는 매운맛이 없어도 큰 문제가 없다는 겁니다. 김치도 못 먹고, 고추장도 못 찍어 먹지만 싱겁게 먹으면 되더군요.

오히려 그동안 매운맛에 중독되어 식자재 자체의 맛을 잊었던 게 아닌가 하는 생각도 들었습니다. 비단 먹는 음식뿐만 아니라 일단 멋있어 보이는 '화끈함'이 우리의 삶마저 획일화시키는 게 아닐까요? "인생도 일도 화끈하게"라는 구호가 일과 가정의 조화 대신 일 속에 파묻힌 삶을 무의식적으로 강요하지 않았는지, "놀 때도 화끈하게"라는 구호가 개인의 취향 대신 집단적 유희 문화와 3, 4차로 이어지는 회식 문화를 조장한 건 아닌지, "먹을 때도 화끈하게"라는 구호가 빨리 나오고 양도 많은 간편 음식 섭취를 권장한 건 아닌지 말이죠.

전 의도치 않게 식단에서 화끈함을 덜어 냈습니다. 건강을 잘 유지하면서 삶이 정상 궤도에 다시 진입했을 때에도 음식뿐만 아니라 삶에서 '화끈 강박증'을 덜어 내면서 항해할 수 있기를 바라 봅니다.

가을 타는 남자

저에게 가을은 유난히 찬란했습니다. 예년보다 더 포근했던 날씨. 따뜻하게 내리쬐는 햇볕을 얼굴에 맞으며 사랑스러운 연인이 얼굴을 쓰다듬는 달콤한 상상에 빠지기도 했고요, 티 없이 파랗게 물든 하늘을 눈에 담다가 짧은 순간이지만 저 역시 파란 하늘 바다에 빠져 있다는 생각도 해 보았습니다. 특히 재잘거리는 어린 두 딸을 데리고 산책길에 나서면 가을 정취가 주는 기쁨은 배가됐습니다.

그러나 차가운 겨울을 예고하는 늦가을이 다가오면 제 몸은 긴장하기 시작합니다. 일종의 트라우마로, 제 인생의 불청객 백혈병이 제 몸에 아로새긴 흔적 때문입니다. 2015년 10월 27일 늦가을 가벼운 마음으로 찾았던 병원에서 백혈병이라는 진단을 받았고 2016년 12월 6일에는 성공적인 재활을 이어 가다 복직 한 달을 앞두고 재발이라는 인생 최대의 위기에 봉착하기도 했었죠. 두 번의 긴 지하 터널을 빠져나왔고 이제는 몸이 정상 컨디션을 찾아가고 있지만 찬바람이 되살리는 아픈 기억은 여전히 두렵습니다. 차가운 공기는 제가 병원으로 향하던 순간을 떠올리게 합니다. 그래서 이맘때 조금만 열이 나거나 몸 컨디션이 좋지 않으면 다른 계절보다 더욱 민감해지죠.

지난 3년 동안 제가 잃은 것만 생각하면 우울하고 억울할 것 같아 그래도 뭔가를 얻지 않았을까 생각해 보기로 했습니다. 곰곰이 정리해 보니 일단 육아휴직을 하면서 재활을 한 덕분에 두 아이들이 커 가는 어린 시절을 제 기억 속에 단단히 채울 수 있었습니다. 당연하다고 생각했던 여성의 육아휴직이 많은 희생을 바탕으로 한다는 사실을 온몸으로 깨닫기도 했습니다. 쉼 없이 달려왔던 일상 때문에 제가 놓친 주변을 새롭게 봤습니다. 지금까지는 저와 가족을 위해서만 살았다면 이제부터는 주변과 함께 나누며 살겠다는 결심도 실천하고 있습니다. 그래도 가장 크게 남는 건 조금 야릇하지만 관찰자가 아니라 당사자의 시점으로 죽음을 바라본 경험입니다.

죽음을 일방적 공포가 아닌 담담하게 바라볼 수 있었기 때문에 제 삶을 객관적으로 돌아보고 앞으로 주어진 삶에서

는 다시 하지 말아야 할 실수가 무엇인지 복기할 수 있었습니다. 반복되는 일상에 매몰되어 삶이 느슨해질 때 지금 이 순간과 하루가 정말 소중하다는, 돈으로 살 수 없는 경험 자극제도 제 몸에 장착됐습니다. 이렇게 정리해 보니 지난 3년이 상실의 기간만은 아니었다는 생각이 듭니다. 어떤 시련이 와도 꺾일지언정 부러지지는 않겠다고 자신에게 주문을 외워 봅니다. 이 단단함이 쌓이면 흔쾌히 늦가을과 추운 겨울을 기다릴 날도 오겠죠.

　주말 이른 아침, 약간은 몽롱한 상태로 아파트 단지 주차장에서 천천히 후진을 하면서 차를 빼고 있었습니다. 그때 갑자기 쿵 소리와 함께 클랙슨 소리가 들렸습니다. 잠이 확 깨면서 "집 앞에서 웬 접촉 사고야."라며 짜증스러운 마음으로 차에서 내렸습니다. 그러나 상대편 차를 보니 정신이 번쩍 들었습니다. 그 차는 바로 시가 2억 원이 넘는 '마세라티'였습니다. '허걱, 큰일났구나.' 하며 접촉 부분 사진부터 찍었습니다. 누구의 과실인지는 생각할 겨를이 없었습니다.

　사진을 찍고 나서야 상대편 운전자를 봤습니다. 다행히 상당히 선한 인상이었습니다. "클랙슨을 눌렀는데 못 들으시는 것 같더라고요. 천천히 보시죠. 제 차는 크게 문제가 없는 것 같습니다." 저는 속으로 '제 차(국산 소형차)야 부서

214

진들 어떻습니까. 그쪽 차가 괜찮다는데.'라고 중얼거리며 그제야 제 차를 살펴봤습니다. 다행히 정말 제 뒷바퀴와 상대편 바퀴가 살짝 부딪친 정도 같았습니다. 제 명함을 건네면서 "문제가 있으면 연락 주십시오. 사고 처리해 드리겠습니다."라고 말하자 상대편 운전자도 "네 같은 아파트 주민이신 것 같은데 일단은 괜찮을 것 같습니다. 살펴보고 연락드리겠습니다."라면서 웃음을 건네더군요. 그날 아침부터 한 이틀간 정말 속으로 걱정을 많이 했습니다. 연락이 오면 결국 보험 처리하고 보험료가 할증되는 건가, 대물 한도를 9억 원으로 설정했으니 별 문제는 없겠지 등 잡다한 생각이 다 들었습니다. 다행히 연락은 오지 않았고 곰곰이 생각해 보니 과실 비율상으로도 일방적인 제 잘못만은 아닌 것 같아 뒤늦게 한숨 돌릴 수 있었습니다.

녹차 한 잔 더 하고 가세요!

사고 다음 날 집에서 가까운 우동집에 갔습니다. 퇴원 직후 의욕 과다로 열심히 운동하려다 고관절 쪽에 무리가 와서 보조 도구로 X자 형태의 벨트를 차기 시작했습니다. 이 벨트가 고관절 쪽 근육을 지탱해 주면 걸을 때의 불편함이 다소 완화됩니다. 식사를 맛있게 하고 일어나서 계산을 하려는데 벨트 매듭이 잘 묶이지 않았습니다. 제품을 산 지 이틀밖에 안 되어서 손에 익지 않았기 때문이죠. 그때 서빙을 하던 어머님께서 녹차를 한 잔 건네시면서 "시간이 조금 걸릴 것 같은데 바쁜 시간도 아니니 녹차 한잔하면서 천천히 착용하세요."라는 말을 건네셨습니다. 정말 가슴이 따뜻해지더군요.

나는 누구에게 친절을 베풀고 있을까?

최근 두 번의 친절을 받게 되면서 저는 자신에게 물었습니다. '승택아, 요즘 너는 누구에게 어떤 친절을 베풀었니? 몸의 회복 속도가 예전보다 더디고 힘들다고 해서 친절과 웃음 대신 비난과 짜증을 내는 사람이 되고 있는 건 아니지?'라고 말이죠. 평소보다 몸이 더 힘들고 아플 때 유지하는 평정심과 친절함이 그 사람의 진정한 인품이 아닐까 생각해 보았습니다.

불행이란 파도도
즐겨 볼까요?

"자신에게 닥친 불행을 타인의 더 큰 고통이나 불행한 처지와 비교하며 위로받는 것은 쉬운 길이다. 다만 순간의 감정적 위안 대신 그 불행을 딛고 일어서려면 자신에게 온 불행에 더욱 천착하고 침잠하고 더 깊게 대면해서 원망이나 아쉬움을 덜어 내야 한다. 그리고 힘들지만 그 불행을 자신의 운명이자 삶의 과정으로 받아들여야 한다."

며칠 동안 계속 머릿속에 머물던 생각을 이런 문장으로 정리해 보았습니다. 3년 가까운 투병과 재활을 거치면서 앞만 보며 열심히 달려왔지만 때로는 왠지 모를 공허함과 공포가 엄습하기도 했습니다. 하지만 이 문장을 적으며 약간은 해결의 실마리를 찾은 것 같습니다.

취재 현장에서 활동하는 동료들을 뉴스로 보거나, 행

복하지만 단조로운 일상이 권태로워질 때면 제 발목을 잡은 병이 원망스러워집니다. 그러다가도 병원에 가면 제가 배부른 고민을 하고 있다는 반성도 하게 됩니다. 온몸에 주삿바늘을 달고 있는 핏덩이 같은 아이들, 병실에서 운명을 맞는 환자를 직접 목격하면 제 현재 상태에 대한 감사의 마음이 저절로 일어나죠.

재활 3년 차를 맞아서도 때로는 이렇게 감정이 갈팡질팡하는 이유는 무엇일까요? 많이 덜어 냈다고 생각했지만 제 속 깊은 바닥에는 병에 대한 원망과 현실을 부정하고 싶은 마음이 남아 있었나 봅니다. 이번 재활 기간은 넘어진 김에 쉬어 가는 인생의 휴식기라고 자신을 다독이고 긍정적 의지라는 강력한 처방도 내렸는데 지금껏 살아남은 걸 보면 병에 대한 원망은 정말 생존력이 강한 감정인가 봅니다.

이제는 제 마음에도 강온 양면책이 필요한 것 같습니다. 강철 같은 완치 의지를 유지하면서도 백혈병이 만들어 낸 파도에 호기심 어린 마음으로 몸을 맡기고 인생의 항해를 해 보려고 합니다. 모든 게 잘 짜인 여행보다 갑작스러운 돌발 여행이 더 큰 재미를 줄 수도 있지 않을까요?

2만 분의 1에서 4억만 분의 1의 행운아로

정기검사를 앞둔 2018년 1월 초, 몸에 갑자기 근육통이 왔습니다. 뭔가 께름칙하긴 했지만 백혈병이 처음 발발했을 때처럼 어지럽거나 몸에 멍 자국이 생긴 건 아니라 3차 발병은 아닐 거라고 생각했습니다. 그래도 불안한 마음에 급하게 예약을 잡고 피검사를 했습니다. 주치의는 피검사 결과에서 나쁜 지표가 나오지 않았다면서 일단 지켜보고, 혹 정밀 검사 결과에서 이상이 있으면 다시 골수 검사를 해 보자고 했습니다. 다행이라 생각하며 집에 돌아온 저는 한시름을 놓았습니다. 그런데 그다음 날 뜻밖의 전화가 걸려 왔습니다.

"황승택 님, 교수님이 내일 골수 검사를 하자고 하시네요."

심장이 쿵 내려앉았습니다. 그러나 제 마음은 벌써 준비를 하고 있었습니다. 지난 번 재발 판정 때가 떠올랐습니다. 난데없이 골수 검사를 하고 응급실에서 사흘을 기다리다 병실에 입원했던 아찔한 기억 말이죠. 그래서 다음 날 아침 병원에 갈 때는 입원을 대비하여 여행 가방에 필요한 짐을 전부 쌌습니다. 아니길 바라면서도 혹시 모를 최악의 결과에 의연히 대비해야 한다 생각했기 때문입니다.

골수 검사 직전 주치의는 특정 지표 하나가 나쁜데 암이 또 재발했다고 보지는 않는다고 했습니다. 말초혈액이나 다른 혈액에서 암세포가 발견되지 않았다는 걸 강조했습니다. 이윽고 골수 검사실로 이동해서 오래간만에 주삿바늘이 뼈를 뚫는 고통을 다시 경험했습니다.

골수 검사를 하고 나면 약 네 시간을 누워 있어야 합니다. 두 시간쯤 누워 있자 주치의가 병상으로 와서 골수에서 암세포가 발견됐고 다시 항암 치료를 해야 한다고 담담히 말했습니다. 저는 그제야 세 번째 발병이 아니길 바라는 마지막 기대를 확실히 접었습니다. 약 일 분간 멍한 순간을 보낸 다음 다시 정신을 차렸습니다. 매도 맞아 본 사람이 잘 맞는다고 첫 재발 당시에는 정신을 놓다시피 했지만 이번 발병에는 의연히 맞서기로 재빨리 마음을 다잡았습니다. "부러질지언정 쓰러지진 않겠다."라고 썼던 제 글이 저를 바짝 일으켜 세웠습니다. 덕분에 그 힘든 조혈 모세포 이식 과정을 잘 치러 냈습니다.

이제 더 밝은 면을 생각하고 매 순간에 더욱 감사하려고 합니다. 타인에게 조혈 모세포를 이식받을 확률이 2만 분의 1인데 저는 다행히 타인 공여자를 또 찾아 이식을 받았습니다. 이제 저는 2만 분의 1이 아니라 4만 분의 1의 확률을 통과한 사람이 됐습니다. 두 번이나 이식을 하고 온몸에 방사선을 쏘인 탓인지 이번에는 체력을 회복하는 데 시간도 오래 걸리고 각종 부작용도 만만치 않습니다. 그러나 싸이 역시 군대를 두 번 다녀와서 월드스타가 됐다는 사실이 문득 떠올랐습니다. 군대 못지않은 고난의 경험을 두 번 겪어 낸 저에게는 어떤 미래가 펼쳐질지 사뭇 궁금합니다.

3차 발병으로 항암 치료를 위해 입원해 있던 2018년 2월 4일. 갑자기 아버지에게 전화가 왔습니다. "네가 있는 병원에 화재가 났다는 소식이 뉴스에 나오고 있는데 넌 괜찮니?" 그제야 20분전 앰블런스 경적음이 아니라 소방차가 출동할 때 나는 사이렌소리가 계속해서 들렸다는 점이 불현듯 떠올랐습니다. 제가 있는 병동이 아니라면 다른 건물에 화재가 났을 것이라는 생각에 다른 병동이 보이는 창문으로 급하게 뛰어갔습니다. 창문 사이로 잔뜩 모여 있는 소방차를 보자마자 제 손은 연신 스마트폰 카메라를 누르고 있었습니다.

인터넷으로 기초 화재 정보를 확인하자 화재가 난 건물의 구조가 떠오르며 화재 위치와 예상 피해 상황이 자동적으로 그려졌습니다. 필요하다면 이 상황을 재빨리 전해야겠다는 생각이 제 머릿속을 지배했습니다. 회사의 뉴스 프로그램이 몇 시에 시작하는지 파악한 후 후배에게 현장 사진을 전송하고 혹시 방송에 라이브가 필요하면 제가 무대본으로 연결할 수 있다는 상황을 전했습니다. 방송 시간 전까지 화재를 전담하는 사회부 기자가 도착하려면 시간이 걸릴 수 있다는 점을 고려한 조치였습니다. 실제로 지난 2014년 판교 환풍기 붕괴 사고 당시, 오프였던 탓에 집에서 쉬고 있다 서울에 있던 사회부 기자가 판교에 도착하기까지 4시간가량을 무대본으로 생중계한 적이 있었습니다.

전 뭐에 홀린 듯 더 생생한 정보를 얻기 위해 화재 현장에 가장 가까운 3층으로 내려갔습니다. 그때 문득 저의 상황이 떠올랐습니다. 항암치료를 받고 있어서 감기라도 걸리면 위험한 환자인데 지금 이게 현명한 일인가? 그러나 이 생각은 10초 만에 사라지고 취합할 수 있는 정보를 최대한 모으기 위해 병원 보안요원과 환자들에게 이것저것 물어보며 화재 사건을 입체적으로 구성해 보고 있는 저를 발견했습니다. 타사 기자들은 아직 현장에 도착하지 못했기에 이 병원을 다니는 환자라는 사실이 고맙게 느껴지기까지 했습니다. 백혈병 이놈도 도움이 될 때가 있다니, 라는 생각마저 들었습니다.

만반의 준비가 끝났을 때 후배에게 전화가 왔습니다. "선배, 사회부 기자가 현장으로 간답니다. 제 시간에 도착할 수 있을 것 같습니다. 다행히 사상자가 거의 없어서 크게 판을 벌릴 것 같지는 않습니다." 그 순간 저도 비상 출동 대기 상황이 해제되고 암 투병환자로 돌아갔습니다. 다행이라는 생각보다 왠지 모를 아쉬움이 더 컸습니다.

　암환자라는 사실을 잊어버린 당시 제 모습을 생각하면 피식 웃음이 나면서도 건강한 몸으로 일터에 복귀하고 싶은 염원이 얼마나 컸을까 싶어 안쓰럽기도 합니다. 이 책을 쓰며 인생을 돌아보게 된 과정 역시 양가적인 감정이 교차하는 내면의 여행이었습니다. 목적이 있는 글을 쓴다는 즐거움과 동시에 묻어 두고 싶은 고통을 다시 꺼내는 괴로움과 대면해야 했습니다. 그래도 글쓰기는 저에게 생동감을 부여했습니다. 직업상 매일 새로운 사건과 사람을 만나며 살다가 감염 위험과 투병 생활로 인해 외부 사회와 격리된 상황. 육아와 정기적인 병원 방문으로 쳇바퀴 돌아가는 일상의 부속품이 되는 것 아닐까 하는 불안이 샘솟을 때 글 쓰는 시간은 잠시나마 저를 일상 밖으로 데려갔습니다. 반대로 몸 컨디션이 안 좋아 자판을 두드리기 어렵거나 글이 잘 안 써질 때는 답답했습니다. 특히 첫 백혈병 진단과 골수 검사, 재발 당시 황망했던 순간 등 아팠던 기억을 떠올릴 때는 아문 상처를 다시 헤집는 것 같아 몸과 마음이 동시에 욱신거리기도 했습니다.

책을 마무리하면서 조금은 걱정스러운 마음으로 제가 쓴 글과 투병 과정 전체를 다시 돌아봤습니다. 다행히 제 글 속에는 평범한 사람의 솔직함이 담겨 있더군요. 병에 대한 원망과 죽음에 대한 솔직한 공포 그리고 이렇게 살았으면 좋겠다는 소박한 다짐.

이 책을 읽는 분들이 담아 갔으면 하는 것은 지금 자신이 어디에 서 있고 어디를 향해 가고 있는지 잠시나마 돌아보는 여유입니다. 저는 비록 백혈병이라는 비싼 수업료를 내고 반강제적으로 제 삶을 복습했지만 독자 여러분은 책을 덮고 나서 자연스럽게 인생 좌표를 점검해보고 자신만의 다짐을 만드셨으면 좋겠습니다.

저에게도 아직 가야 할 길이 많이 남아 있습니다. 실제로 원고를 마무리하는 교정 작업을 병실에서 하고 있습니다. 2차 이식 직후 열심히 몸 관리를 했지만 덜 회복된 면역력 때문인지 덜컥 폐렴에 걸렸기 때문입니다. 이처럼 갑자기 몸이 안 좋아질 수 있더라도 공포에 짓눌리지 않고 의연하게 일상의 스트레스와 맞서겠습니다. 좋은 몸 상태를 만들고 체력을 길러 반드시 회사에 복직할 겁니다. 책 속의 글 빚을 핑계 삼아 새롭게 설정한 좌표와 속도로 제 앞에 놓인 삶을 뚜벅뚜벅 걸어가겠습니다. 여러분의 응원과 격려는 언제나 감사히 받겠습니다.

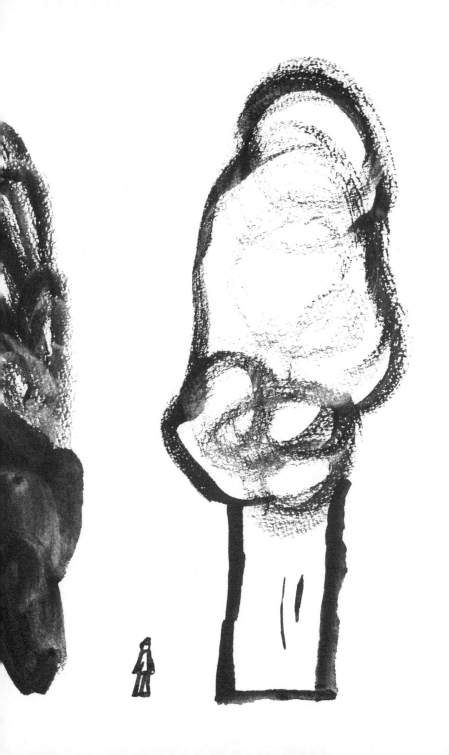

저는, 암병동 특파원입니다.

1판 1쇄 펴냄   2018년 11월 2일
1판 4쇄 펴냄   2024년 5월 14일

지은이   황승택
발행인   박근섭, 박상준
펴낸곳   (주)민음사
출판등록   1966. 5. 19. (제16-490호)
주소   서울시 강남구 도산대로1길 62
             강남출판문화센터 5층 (06027)
대표전화   02-515-2000   팩시밀리 02-515-2007
             www.minumsa.com

*잘못 만들어진 책은 구입처에서 교환해 드립니다.